婚姻

李广畅 著

出走记

春风文艺出版社

·沈阳·

图书在版编目（CIP）数据

婚姻出走记 / 李广畅著． -- 沈阳 ： 春风文艺出版
社，2024. 10. -- ISBN 978-7-5313-6793-2

Ⅰ． I247.81

中国国家版本馆 CIP 数据核字第 2024S8U560 号

春风文艺出版社出版发行

沈阳市和平区十一纬路 25 号 邮编：110003

河北文盛印刷有限公司印刷

责任编辑：仪德明	助理编辑：余　丹
责任校对：陈　杰	印制统筹：刘　成
装帧设计：百悦兰棠	幅面尺寸：170mm×240mm
字　　数：200 千字	印　　张：13.5
版　　次：2024 年 10 月第 1 版	印　　次：2025 年 1 月第 1 次
书　　号：ISBN 978-7-5313-6793-2	定　　价：68.00 元

梗概

　　小说以擅长打离婚官司的律师李老师的视角讲述了当下社会婚姻家庭生活中的诸多问题，展示了离婚当事人在各自的婚姻、家庭、生活、事业上遇到的形形色色的不可调和的矛盾。

　　生活中总是牵扯勾连着这样那样的事情，这些事情又是细小的琐碎的繁杂的，而又恰恰是这些细小的琐碎的繁杂的看着明明是微不足道的些微裂痕，却最终成了千里之堤溃于蚁穴的隐痛，这是婚姻之痛啊。

　　人间有许多不幸，婚姻是其中之一，而我们要怎么样从诸多不幸中维护自己的婚姻幸福呢，这是一门学问。

　　该小说为读者提供了对婚姻的一种深刻的思考和剖析。如果在读罢小说之余，能给读者以一些回味和启迪，能让我们更加爱惜我们身边的人，更好地守护我们的婚姻家庭，足矣。

目录

第一章

李老师在 Y 城是个人物，比较知名，知道的人都知道他的外号，叫李大忽悠，嘻嘻，开玩笑了，其实不是叫李大忽悠，是叫李乎有。

李乎有，是真名、原名、本名，户口本上的，如假包换。

李乎有在瑞山路上开了一家法律服务所，服务的范围还真挺多，不光能给企业当个法律顾问什么的，也能帮人打官司，打民事、经济、行政诉讼官司，还能代理非诉讼的法律事务，像什么审查合同、协议、章程等文书，也参与协商和谈判，参与协调、仲裁活动，申请行政复议，代理合作、担保、分家析产，等等吧，反正只要有人来找，李乎有就总能忽悠着把案子接下来，就从来没有让人跑了的道理，在 Y 城他打过的离婚官司尤其出名，他也几乎成了小城离婚专家的代名词。

那天《Y 城日报》副刊栏目的俩记者慕名前来采访李乎有，记者当然有记者证，别看只是家市级小报，也有头有脸，五脏俱全。记者来了俩，一个是个毛头小伙叫孙大国，另一个是靓丽美女叫乔小乔，李律师自动忽略了孙大国，先伸手把乔小乔的纤纤玉手一把握住了，爱美之心人皆有之嘛。

乔小乔先是一愣，她觉得李大律师有些太用力了，握得她手疼，她抬眼瞟了一眼同事，那个憨蛋眼睛正对着对面大马路上瞅，马路上车水马龙，熙熙攘攘，也不知他到底在瞅啥，反正是压根就没往这边儿瞅，"哼，猪。"

李乎有眼神一顿，咋了，就握握小手嘛，咋还骂上了，至于嘛，这年头……嘿嘿，有意思，有意思。

李乎有手上又加了一把劲，都把美女小乔的小手给攥红了。

"美女，来，来，咱们去楼上办公室细聊，细聊。"李乎有迟迟不想松手，这近距离一看他算看清楚了，这小乔可是真漂亮啊，瓜子脸薄面皮，柳叶弯眉丹凤眼，樱桃小口一点点，哪儿哪儿都长在他审美点上了，李乎有心里就忽然有了些小亢奋和小激动。

"李老师……"小乔用力把手给抽了出来，看了一眼李乎有，脸一下子涨红了。

"东风不与周郎便，铜雀春深锁二乔。"李乎有在心里默默念起这两句诗，只感觉越咂摸越有味道，他在前面走，用眼角的余光打量着跟在他身后上楼梯的乔小乔，心里真是有些喜欢，年轻真好。

乔小乔走路轻盈，几乎没什么声音，孙大国就不一样了，之前他还没发现跟前两个人走了呢，等发现时，乔小乔已经跟人快转过楼梯拐角了，那还了得，他可是光头社长派来的乔小乔的保镖，若把乔小乔跟丢了，回去还不被光哥给捶死。

孙大国还不及多想，噔噔噔向前跑了几步就紧跟了上来，李乎有听着身后大喘气的孙大国，皱了皱眉，哪里都有这样的毛头小伙子。

李乎有的办公室很宽大，东边是两排书柜，南边有一个很大的露台，正中有一个巨大的办公桌，看那布局应该是有些说法的。办公桌上放着一只水晶版的孺子牛，茶台上冒着咕咕的热气，水烧开了，李乎有手法娴熟地洗茶冲茶泡茶分茶，很快，孙大国和乔小乔的面前金骏眉的香气就缭绕起来，清香中夹杂着蜜香。

小乔端起淡玉色的茶盅小盏来，轻轻呷了一口，细细品了品，确实是一味好茶，她眼角一挑就看到坐在对面的李乎有有意无意瞟过来的眼神，她心儿不由得一阵发慌，这个李大律师，看人那眼神也太直接了，有那么盯着人瞅的吗？怪不好意思。小乔垂下眸子，做出认真品茶的样子。

李乎有嘴角升起若有若无的一缕浅笑，今天真是个好日子呀，遥想公瑾当年，小乔初嫁了，雄姿英发。

"咕咚，砰。"孙大国端起茶杯，就这样的茶杯不觉得给他用太小瞧他了吗？他一口可以干十个，不，不是十个，得一口气干二十个，喊，不过瘾，真的不过瘾。

李乎有被惊了一下，他抬头看了一眼傻大个，哦，对，对，叫孙大国，唉，这个小孙把个美妙的气氛都给破坏了。

办公室里突然有一瞬间安静了下来，汩汩的开水声突然大了声响，吓了乔小乔一跳，这个憨蛋发什么神经，这采访还没采呢，抽什么神发什么经，她不满地瞥了孙大国一眼，那货一脸懵懂地看向她，唉，孙憨蛋。

乔小乔温柔地一笑，抬起水汪汪的眸子对李乎有说，"李老师，我们开始吧。"

"李老师，开始吧。"孙大国也觉得刚才自己动作有些孟浪，他有些不好意思，他不自然地挠了挠头皮。

李乎有笑了，他看了一眼这个毛头傻大个："好，开始吧，你们想听什么？想听什么咱们就拉什么。"

乔小乔麻利地拉开手边的包包往外掏软皮的笔记本，来之前还想带手提电脑来着，因为这个包包里放不下，想想也就算了，采访嘛，就得是这样面对面坐着，你讲我记，我写你说，好像才更有感觉。乔小乔翻开本子，拿起笔，"李老师您是名人，是我们 Y 城有名的离婚专家，我们想听一听这些年你代理过的那些离婚案件，我们社长想就这些离婚案件，整理成稿，在我们《Y 城日报》副刊上连载，也能给当下的人们有所借鉴和启发。"

　　李乎有呵呵笑出声来，他端起茶杯轻轻呷了一口说："好，一定会有所启发，那我现在就讲给你们听……"

第二章

在 C 城，有家响当当的龙头企业，标杆一样，企业名字也高大上，叫昌盛集团，集团当然有董事长也有总经理，郑秋雨郑总就是这家企业的总经理，这可是个手握实权炙手可热的人物。

郑秋雨郑总是企业的扛把子，也是 C 城地界上能呼风唤雨的能人，不说黑白两道通吃吧，那也是个手能通天的人物，他的夫人李云是集团的妇联主席，手拿把掐的那也是一把好手。他们唯一的遗憾是夫妻俩就只生了一个女儿，说实话，按现在他们的名气和能力就是生十个八个都没有问题，可李云在生女儿时落下了病，不能再生养了。

按说郑家这家大业大的，没个儿子可不中啊，郑秋雨还在乡下的老娘就不止一次地嘟囔着要抱乖孙，刚开始时郑秋雨还能耐心地听老娘唠叨两句，再后来就不爱听了。这些年也不是没有美人投过怀送过抱，可郑秋雨不爱这些，再说就是郑秋雨愿意，那李云也不同意呀，李云把郑秋雨看得可紧了，又会哭又会闹，还会挂绳子上吊，把个郑秋雨可是拿捏得死死的。

只是郑茂菊没给爸妈长脸，郑茂菊是谁？正是郑秋雨和李云唯一的血脉，是郑总和李主席的大千金，也不知是继承了谁的基因，反正是没大长好，皮肤黑黄，比她乡下奶奶的皮肤还黑还黄，好衣服穿在身上都像是玩猴的一样，不伦不类，好在人的性格是好的，也不知这好性格是随了谁。

郑茂菊有两个高中同学，男的叫吴新友，女的叫胡明丽，高中肯定不只有两个同学呀，但那些同学与郑茂菊都没有多大关系不说也罢。

吴新友与郑茂菊都住在绿城，绿城是昌盛集团的专属小区，企业领导在这里住，中层管理者在这里住，员工也在这里住，大人们都是企业一家亲了，自然那各家的大孩子小孩子们也都自觉地抱成一团，一致对外了。

又因为吴新友与郑茂菊是同班同学，感觉比别人更是亲近一些，高中上学那会儿吴新友对郑茂菊多有照顾，一半原因是他妈仇永慧天天叨叨着让他和郑茂菊一定要搞好关系。"她爸可是咱企业的总经理呢。"每次仇永慧都以这句话结束对儿子吴新友苦口婆心的教导。

后来这句话也成了他爸吴长军的口头禅，吴长军是企业的中层干部，他的顶头上司就是郑秋雨，更别说仇永慧了。仇永慧因为是农村来的，大字识不了几个，还是因为吴长军的缘故，被招进公司里干保洁员的，夫妻俩自然把郑秋雨和李云当成最大的财神供着，甚至仇永慧还偷偷跟吴长军嘟囔过，要是能娶了郑茂菊当儿媳妇就好了，"那咱们吴家就算是飞上枝头妥妥的凤凰了。"

吴长军听了仇永慧的话先是一喜，接着就耷拉下长脸来，长长叹了一口气，"唉，瞅那郑丫头长得怪不好看的，咱新友肯定是看不上，唉，儿子大了不由爹，当爹的也做不了主。"

仇永慧可没管吴长军叹不叹气的，她已经在自己编织的美梦里了，要是儿子吴新友娶了郑茂菊，那吴家以后的日子可不就得蒸蒸日上了。

可谁知吴新友并没有按爸妈的想法来，别看他平时对郑茂菊是真的很照顾，但那也只是同学间的情谊加同小区的情谊罢了，真没掺杂别的一丁点儿的私人感情，相反的他对班里的胡明丽同学倒是动了些心思。

胡明丽是来 C 城第一中学借读的，住在姑妈家，姑妈也是昌盛集团的员工，不过是在集团的下属工厂里，在锻造车间当工段长，住在厂区的家属院里。胡明丽自小学习好，老师都说她是考大学的苗子，所以才被父母下了决心送到姑妈这里来上学，以图将来考上个好大学，走出那个山窝窝。

胡明丽很认学，她两耳不闻窗外事，哪个同学都不在她眼里，除了吴新友，吴新友是第一个走进她少女心扉的人。

吴新友学习不如胡明丽好，但他也很发奋学习，争取能和胡明丽考到同一个大学里去，那样他就可以大胆表白了，可是任凭他怎么努力，还是因为基础太差，最终名落孙山。

现实真残酷哇，高考成绩一下来，吴新友就沉默了，莫说那胡明丽学习那么好，才报了个二本，他这样的落后生，那就是根本没戏，落榜了，那他的那点儿对胡明丽的小心思还能实现吗？

胡明丽这个暑假回了家，单等 9 月 1 日就走进大学校园了，她走之前是想着约一下吴新友，跟他道个别的，无奈姑妈看得紧，走哪儿跟哪儿，一路看护着她回到家方才作罢。没办法，胡明丽只好偷偷给吴新友写了封信，这信应该很快就能到他手上吧，胡明丽看着立在邮局前面的孤零零的邮筒，心里一会儿喜一会儿悲，喜的是自己终于可以上大学了，悲的是从此以后就该与吴新友同学越离越远了吧，为自己那还没来得及开花结果的爱情叹息。

胡明丽同学来信了呀，吴新友心里那个急呀，又急又激动，恨不得马上拿到信，这一急一激动就出了个小事故，人从楼梯上摔了下来，左腿骨折了，这下连门也不能出了，哪里也去不了，更不能应胡明丽之邀去他们乡下游玩了。

吴新友给胡明丽回了一封信，托他妈顺道帮他邮寄了，仇永慧一边答应着儿子，一边拿着信出了门，只是出门左转，没多远就把手里的信给撕碎了丢进下水道里去了，她回头看了眼自家房门，新友这孩子还是小哇，他还不知道，这世上应该有更好的选择。

胡明丽左等右等也没等来吴新友，自然也没等来他的只言片语的承诺，就是连吴新友在和同学郑茂菊相亲的事，也是从姑妈嘴里听来的，姑妈好像是不小心说漏了嘴，听到胡明丽耳中简直如同头顶炸雷，把她的心震得七零八落。

胡明丽也不知道自己是怎么走出家门的，一路上脑子里乱乱的，一时也理不出个头绪来，只能由着姑妈和姑父的小汽车把她送到火车站，通过站台，上了车，就这样一去千里，彻底与吴新友断了个干净。

胡明丽走了，吴新友的腿也慢慢好了，但他的心也随之死了，他也不想出门，就只呆呆地待在家里，与谁也不说话，这下可把吴长军和仇永慧给急坏了，恁大个小伙子别再闷出个啥病来。

仇永慧这时就把眼光放到郑茂菊身上，小菊她爸妈是有权，也有势，可再有权有势怎样，也架不住自家这闺女长得丑哇，都说这心灵美很重要，可你也得先有让人探求的兴趣来呀。

"小菊其实也不难看，多看看，看久了，就不那么难看了。"仇永慧在心里对自己说，她是个有想法就会立即去实施的人，很快她就找了她的同事，一起做保洁的梁阿姨。

梁阿姨与李云有着那么点儿弯弯绕绕的远房亲戚的关系，这不还真就让她搭上了话，郑家果真有些松动，其实还真不是郑秋雨郑总和李云李主席看上吴新友，在他们眼中好小伙有的是，就在本公司里找也能找出一大把来，可谁叫自家闺女就喜欢吴新友这一款呢，真没办法，好在吴新友那小伙子长得倒真是一表人才。

等梁阿姨反馈消息时，仇永慧一下子愣住了，事情这么简单就成了吗？她怕是做梦，还让梁阿姨狠狠地掐了自己一把，哎呀，掐得真疼，这不是做梦，是真的呀，那郑总家里的大千金真相中他家新友了。

仇永慧回到家后，先找儿子吴新友，"新友，妈给你说个事情，是天大的好事情，咱家摊上好事了。"

吴新友正在自己房间里发呆呢，这段时间，他整个人快发霉了，总觉得倒霉透顶、诸事不顺，听见自己老妈咋咋呼呼的，他也懒得转头，他看到窗外的树叶儿已经发出了嫩绿色的小芽，又是一个春天了。

"新友，新友，你没事吧，我说的话你听见了吗？"仇永慧本来是站在门口说话来着，见吴新友没动静，才走了几步到跟前来问他。

"没事。"吴新友抬眼看了老妈一眼，老妈就是喜欢咋呼，家里还能有什么事？老爸升职了？升就升呗，与他有什么关系。

"新友，新友。"仇永慧看了一眼儿子，这是什么表情？"妈跟你说，是你那同学，郑茂菊。"

"郑茂菊怎么啦？"吴新友总算翻了翻眼皮。

"嘻嘻，那个郑茂菊，她，她看上你啦。"仇永慧激动得搓着双手，两眼放光地看着自家儿子那张过分俊俏的脸，是呀，你说一个男孩子，能长这么俊，将来生出的孩子也会是一等一地好。

"啥？"吴新友吓了一跳，直接从座位上跳了起来，"啥叫郑茂菊看上我了？"

"儿子，你的好日子来了。"仇永慧看着儿子吴新友这么大的反应，笑得脸上的褶子都出来了，她可不敢说是她托人去郑家探底的，"你梁阿姨今天跟我说，郑家有意跟我们家结亲呢，就是郑总那个宝贝闺女，你那个高中同学郑茂菊看上你了，妈想着女方要面儿，咱们找个媒人上门去提亲。"

"妈，你疯了？"吴新友真是又吃惊又气愤，谁，谁，谁？郑茂菊？那个丑死个人的郑茂菊同学看上他了？天哪，这是造了什么孽？那个郑茂菊看上他什么了？

"我不同意。"吴新友严肃地说。

仇永慧一愣，脱口而出道："为啥？你还不同意？还有你不同意的份儿，这个亲事多好，你知道吗？你成了郑总的东床快婿，这好日子还少了你的？"

吴新友被气笑了，得，难为他老妈了竟然还学会了说成语，好嘛，连东床快婿都用上了，"为啥？你不知道那郑茂菊长啥样吗？"

"这你知道啥，老话说了，丑妻近地家中宝，红粉佳人惹事精。我看郑茂菊就比那个胡……狐狸精好，这个娶家来放心，关键还能给你好的生活。"

吴新友疑惑地抬起眼皮，"哪个狐狸精？"

仇永慧真想抽自己的嘴，她撕毁儿子的信的事，可千万别露了馅。

"哪个狐狸精？妈觉得凡是漂亮的都是狐狸精，新友啊，听妈的话，这世上谁都有可能害你，唯有妈是最不可能害你的人。这事就是说给你爸听，你爸都得一百个同意。"

没等吴新友继续说话呢，房门咔嚓一响，吴长军回来了，仇永慧马上走出儿子屋，去找老公吴长军。

仇永慧一脸激动地拉住吴长军的胳膊说："长军，大喜事，大喜事。"

吴长军也是满脸喜色地看着她，笑眯眯地问道："嗯，嗯，你知道了？确实是个大喜事。"

"你知道了？"仇永慧一愣。

"啊，啊？"吴长军这才知道，他压根和仇永慧说的不是一回事。

听了仇永慧叽叽叽一顿输出，吴长军听出点意思来了，敢情他今天职务提了一级，原因在这儿呢，就说嘛，他在这个副科长的位置干了七八年都没动静，怎么一朝就提拔了呢。

听吴长军说他提了科长，把仇永慧高兴得嘴都要笑歪了，这回她才吃下了定心丸，这儿子吴新友和郑茂菊的事，百分百能成。

只是儿子吴新友那里还在闹别扭，不行，不能让儿子拖了后腿，说什么她都会让儿子答应下来。

为了儿子的前程，为了整个吴家以后的兴衰，仇永慧开始苦口婆心地给吴新友做思想工作："新友，妈知道你的心里装着明丽那孩子，可是，你想过没有，这明丽考上大学后她有与你联系过吗？怕这时她已经在大学里找到新的男朋友了呢。在这个社会上，人都往高处走，咱也不能不往深处考虑，你也不是没给她写过信，可见她有回复吗？"

吴新友刚从外面回来，就因为他一直收不到胡明丽的信，他才开始怀疑人生的，在家废了大半年，一个大小伙子总在家里也不是个事儿，他出门是想去找个工作来着，哪怕是找个临时工先干着，也好过这一天天行尸走肉般的生活。可找工作哪有那么好找，他喜欢的找不到，不喜欢的又不想干，就这样跑了一天又一天，也没寻到一个可心的工作，这刚一回家，就被老妈逮了个正着。

仇永慧见儿子不说话，忍不住上前拉了他一把，把他摁到沙发上坐下，"儿啊，婚姻问题关系到你一生的命运，非同儿戏呀。我和你爸，和人家郑总经理家相比，是小巫见大巫，咱算什么呀，不过是个普普通通的小职员而已，咱无职无权的，往后你要想发展，你就得听妈的话，找对象就找郑总经理家这样的靠山，俗话说背靠大树好乘凉，人在世上混没个靠山是不行的。你看到了吗？就是这次你爸被提拔，也是沾了你和郑茂菊是同学的光。

"儿啊，妈也不逼你，你再给明丽写封信试试，如果她回信说以后愿意与你在一起，吃苦受累、吃糠咽菜的不离不弃，那妈什么也不说，就依着你们，可如果明丽这次还是没有回信，那你就听妈的话，彻底把胡明丽给忘了，咱不能在这一棵树上吊死不是。"

吴新友听了母亲的话，尽管感觉有些别扭，也觉得不失为一个办法，他等明丽的信已经等了太久太久了，久到他都有些失去了信心和耐心了。

吴新友又给胡明丽重新写了一封底信，封了信封，贴好了邮票，就见仇永慧走过来说她顺路把信寄了，是的，仇永慧上班的路上就正好路过邮局。

吴新友把信交给了老妈，当然这一封信的结局还是石沉大海。一个月后，吴新友的心终于凉了，拔凉拔凉的，他一边心里是恨的，恨胡明丽的绝情，一边又是不甘心的，不甘心就这样把自己的一辈子交给郑茂菊，可不甘心又没有别的什么办法，有家里爸妈这两座大山的强压软求，他反抗不了，也不想反抗了，怎么不是一辈子呢？而且选择郑家，他的这一辈子至少可能比大多数人的一辈子都要辉煌，想到这里他又有些隐隐的期待，唉，唉，罢，罢，认了吧。

于是接下来的事情，便出乎意料地顺利了，吴新友虽不情愿，但总算是勉强同意了，这个结果一家人都很满意，只有吴长军心里还是有些小嘀咕，就怕这事办得有纰漏，他有些说不清道不明的莫名的不安，又不敢与仇永慧说，怕仇长慧骂他是狗肉端不上大席面。

吴新友松了口，仇永慧就张罗着先给他和郑茂菊两个人定亲，对，先把亲事定下来，定下亲后，两家也都放了心。

吴家的好日子果然如同仇永慧说的那样蒸蒸日上起来，先是吴新友被破格录用，被派到了销售部，说是先从一名普通的销售员做起，这之后便亮起了一路绿灯，一直亮一直绿，一直干到了销售部经理。

销售部经理那可是个肥差，工作稳定了也挣下了大笔的钱后，吴新友和郑茂菊也终于走进了婚姻的殿堂，婚后不久就生下了一个漂亮的女儿，女儿被取名吴郑欣，吴郑欣的到来成了吴郑两家更加牢不可破的稳固剂，也给这个家带来了史无前例的幸福感。

吴郑两家的日子过得欣欣向荣，眼看着好日子就这么热气腾腾地过起来了，但月有圆缺，水有盈亏，而明天和意外也不知哪一个会先来，正当吴新友踌躇满志在岳父的提携下，准备大干一番争取职位上再上一个台阶的时候，他仰仗的老岳父却突然遭遇车祸抢救无效死亡了，于是吴新友的提升问题也遭到了搁置，真应了那句话，人走茶凉。

转眼一年过去了，吴新友和郑茂菊的夫妻关系也在不自觉中发生了微妙的变化。吴新友开始变得很少回家了，即便回家也不像以前那样爱说话而变得沉默寡言起来，晚上睡觉，他也不再愿意上郑茂菊的床了，有时候，耐不住寂寞的郑茂菊主动找他亲热亲热，也都被他以身体很累为由而拒绝。

一向敏感又对自己的相貌没自信的郑茂菊，对吴新友的微妙变化产生了许多联想。她很清楚，当初要不是因为她父母的权势，吴新友根本就不可能答应娶她。当初她看中的是吴新友这个帅小伙儿，而吴新友一家是看中了她父母的权势，如今她的父亲没了，母亲也因为父亲的突然离世遭受了打击，变得格外神经质，有人没人的总喜欢大喊大叫还摔东西，弄得整个家里的一片狼藉，没办法，郑茂菊只好把她送到了新光医院，那是家精神病医院。

家庭的巨变，让长期以来不自信的郑茂菊更加不自信起来，也更加敏感起来，她知道现在的自己已没有任何吸引吴新友的优势了，确切地说是没有利用价值了。她对自己的男人十分了解，他本就是个无利不起早的人，这几年他的野心越发膨胀起来，郑茂菊甚至觉得总会有那么一天，她就会和吴新友彻彻底底撕破脸皮，没想到这一天很快就来到了。

时间正是夏天，还在夏天的尾巴上，出差刚刚回来的吴新友推开了家门，一推开门，吴新友就粗声粗气地对坐在沙发上忙活着的郑茂菊说："郑茂菊，我想好了，咱俩还是离婚吧。"

"新友，你回来了？累了吧，饿了吧，你快休息一下，我去做饭。"郑茂菊心里一惊，手里一顿，她赶紧站起身子来，就想转身进厨房，这个时候还是不接话的好。

"郑茂菊，你别岔话题，我不饿，咱俩离婚吧，你也知道，我对你自始至终没有感情。"吴新友把手里的行李箱推到墙角，他一刻也不想待在这个家里，一刻也不想见到面前这个耽误了他十几年的丑陋女人。

郑茂菊被吴新友那句自始至终对她都没有感情的话给刺伤了，她不由得红了眼圈，这十几年的付出是喂狗了，这十几年的真心是错付了，这十几年就是做了一场噩梦啊。

"吴新友，你就这么狠心吗？你就这么讨厌我吗？如果咱们之间没有感情，那我们欣欣算什么？"

"……"吴新友在听到孩子时，神色一顿，但紧接着，他又冷下脸来，"那还不是你们郑家逼迫的，你们逼我就范，我是无辜的，你们害我，你们全家人都来害我。"

郑茂菊都被气笑了，好一个逼迫，好一个就范，好一个无辜，他吴新友上下两片嘴还真敢说，驴不喝水，能摁下头去吗？

看到郑茂菊竟然还能笑得出来，吴新友心里烦躁起来，他这次出差两个月，是参加了省城一个企业学习班，是一个无关紧要的学习班，要不也不会派他去，帅气的他在这个学习班上认识了一位漂亮的女同学，这个女同学可不得了，听说是一个大企业家的千金小姐，名叫马望男。

几次接触下来后，吴新友就忍不住有些蠢蠢欲动，他发现这个马望男是个人物，她背后的父亲更是一个大人物，这一发现让吴新友欣喜不已，他早就不想在 C 城待了，他想他也应该挪一挪了，挪到省城来，把 C 城那些不开心的事，都如云烟一般消散了吧。

吴新友对马望男有了别样的心思，马望男心里门儿清，她从学习班第一天开学典礼时，就已经看好吴新友了，那身材，那脸那眼睛那嘴巴那鼻子，都让她心动，她心里暗暗发誓，这一次她一定自己给自己找到一个好男人。

马望男是省城一家设计公司的设计师，思想解放，性格开朗，人长得标致，可就是脾气古怪，有时还有些歇斯底里，遇到不顺心的事就爱发脾气，这不硬生生地把个身家千万的副总男人给蹬了。

如今的马望男是单身贵族，吴新友的出现，就犹如漫长黑夜里升起的一颗明星，照亮了她日渐荒芜的心，一个郎有才，一个女有貌，有好事的同学总是喜欢拉郎配，一见他俩就吹口哨就开玩笑就起哄，总是闹他们俩一个大红脸。

慢慢地两个人就达成了默契，一个总有问题请教，一个总有耐心解答，一来二去的两个人就偷偷吃了禁果。

凌乱的床上一片春光，马望男细长的手指掐进吴新友胸口的肉里，她脸色潮红，十分癫狂，嘴里发出呜呜咽咽的声响，好像在哭，又好像在笑，这哭哭笑笑嘤嘤咛咛中夹杂着吴新友粗重的呼吸和暧昧低语……

等两个人的关系终于有了实质性的交缠后，马望男放心了，吴新友也放心了，马望男贴在吴新友的胸口，喃喃地说："新友，我要和你永远在一起，永远永远在一起，永远永远不分开，我永远做你的小妹妹好吗？"

吴新友的心快乐得都快飞起来了，马望男满足了他对女人的全部向往，"我的小妹妹，相信我，我回去后就离婚，离了婚就娶你。"

…………

"我回去就离婚，离了婚就娶你。"吴新友发誓的声音还一遍一遍响在耳边，他这会儿看到面前简直一无是处的郑茂菊竟然还敢笑，不由得气从心中来，恶向胆边生，她敢当他美好新生活拦路虎，门都没有。

"啪，啪"，吴新友反手两个巴掌就甩在了郑茂菊脸上，然后恶狠狠地说："这婚你离也得离，不离也得离，孩子房子给你，汽车给我，存款我要一半，你想好了就去民政局。"

说完这些，吴新友把行李箱一把抓在了手里，回头又重重地看了郑茂菊一眼，接着头也不回地出了家门，扬长而去。

郑茂菊一下子愣住了，她捂着脸，张大了嘴巴，不敢相信地看着四敞大开的房门，打了人，吴新友就这样走了，结婚这十几年来，这是吴新友第一次打她，这个遭天杀的，这是要杀人哪，郑茂菊发出一声凄厉的哀号。

…………

吴新友拉着行李箱回到了他父母家，一进门，母亲仇永慧和父亲吴长军都在，厨房里有肉香飘了出来，饭桌上已经盛好了米饭摆好了碗筷，他把行李箱推到自己之前的那间卧室，然后一屁股就坐在饭桌前。

"爸，妈。"吴新友伸手把一碗米饭拿在手里说，"做了红烧肉，做好了吗？我快饿死了。"

仇永慧很是吃惊，她狐疑地看了自家儿子一眼，奇了怪了，这小子平常可从不回家，就是回家也是急匆匆来，急匆匆走，可没有在家里吃饭的时候。

"儿子，出什么事情了？"仇永慧转头看了一眼同样一脸疑惑的吴长军。

吴长军也问了句："才出差回来，怎么不回你自己家，小菊和孩子在家等着你呢。"

吴新友用筷子挑了一筷子米饭放进嘴，他用力地嚼了嚼，看了一眼父母说："我在这里住几天，我要离婚。"

"离婚？什么？什么？离婚？"仇永慧和吴长军大吃一惊。

等仇永慧和吴长军终于把事情的来龙去脉问了个透彻后，仇永慧眼睛先就亮了，她说："好哇，好哇，儿子这马望男是个好的，她爸也是个厉害的，省里的大企业家呀，说出来还不惊瞎大家伙的眼，我儿就是有大机缘。"

吴长军有些忐忑，"这，怕是不好吧？现在离婚，会被人戳脊梁骨的，说咱们家忘恩负义。"

仇永慧有些不高兴，她不满地白了吴长军一眼，"你知道什么！这叫人往高处走，运势来了你不接？不接不是傻子愣子嘛。你别张嘴，这事不用你管，你也管不了。"

吴长军怕了一辈子老婆，这会儿也不敢再发表不同意见了，他看了吴新友一眼，只希望这个想法只是儿子的一时冲动而已。

"儿啊，这是上天给你的安排，你的命里就该有此造化呀，你要好好地把握，不要错过了这次机会。"仇永慧眼光炙热，心花怒放，对未来的生活又生出了一股不一样的热望。那马望男的老爸是大企业家呀，还是省城里的，比这个屁大点的 C 城多高大上啊。

因了仇永慧的支持和吴长军的睁只眼闭只眼，郑茂菊在这个家里受到了空前的漠视和刻薄，特别是仇永慧再不是之前那个对她有些恭敬的样子了，完全变成了一个名副其实的恶婆婆，对着她就指桑骂槐，连带着对小孙女也开始嫌弃起来，而吴新友更是不回家不让照面，想见到他的人，一个字，难。

经过长时间的冷战，郑茂菊也慢慢心冷了，她终于肯妥协了，她同意离婚，只是要求不仅女儿归她抚养，房子和车辆以及银行存款也全归她和女儿所有，离婚后她不要吴新友一分钱的孩子抚养教育费，更不会给他留有孩子的任何探视权，说白了，这次离婚就是要让吴新友净身出户，如果不答应她这个条件，她就坚持不离婚，就是拖，也把吴新友和马望男这对狗男女拖死。

在权衡了一番利弊之后，吴新友选择了满足郑茂菊的所有条件，选择无条件地答应和服从，现在只要能离婚让他干啥都行，实在是马望男那头逼得紧哪，眼看马望男的肚子都要大起来了。

就这样，吴新友和郑茂菊到民政局办理了离婚手续，看着那本盖有红戳的离婚证书，郑茂菊心底发出了一声长长的叹息。

郑茂菊说："吴新友，行了，我放手了，你满意了吧，可我也要最后一次忠告你，做人不要太贪，贪婪过头是悲剧，人在做，天在看，凡事都有因果报应，你好自为之。"

"哼。"吴新友看也没看郑茂菊一眼，都离婚了，这个娘们还想管他，"啊，我呸。等着吧，臭女人，我马上就成为省城大企业的新贵了，等我当上了大企业家的乘龙快婿，你就羡慕嫉妒去吧，哼。"

看着郑茂菊出了民政局的门往南走了，吴新友才掏出手机来把手里的离婚证拍了照片，发给马望男。

照片发过去后，马望男的电话就打回来了，"新友，离了，好！亲爱的，咱们的儿子想你了呢。"

吴新友嘴角浮出一丝微笑，一手拿着离婚证书，一手拿着手机跟马望男通话："望男，亲爱的，我们成功了，一会儿我就去你那儿，看看咱儿子，也……看看小妹妹。"

"去你的，大坏蛋，小妹妹等你……"

吴新友心里比吃了蜜都甜，听了马望男的甜蜜蜜，嘴角都咧到耳根去了，呀，终于离婚了，终于脱离郑茂菊那个丑八怪了，终于要奔向美好新生活了。

婚离了后，接下来，就到了吴新友晋见未来岳父大企业家马董的日子，这一天，他早早地打扮了一番，买了一箱飞天茅台，还特意带上了仇永慧为他准备的一盒长白山老参，在马望男的陪伴下一同赶往了马董住的半山别墅。

见到吴新友后，马董的眼睛为之一亮，嗯嗯，不错，小伙子人长得精神还高大帅气，往那儿一站，就很让人赏心悦目，加之之前他也侧面对他做了一些了解，是有些能力，也算年轻有为，总之他对这个未来女婿也算满意吧，最主要是他的宝贝闺女十分满意呀。

马董亲切地拉着吴新友的手说："新友，还是你们年轻人好哇，年轻真好，你往后的前程远大着呢，既然望男选择了你，我也认，一个女婿半个儿，那你就不是外人了，放心吧，我以后会把你调到我身边，今后咱爷儿俩都还会有更大的发展空间。"

吴新友简直有些受宠若惊，来之前他还忐忑着呢，就怕这未来泰山大人眼光太高，对他看不上哩。

吴新友满是感动地说："请马董放心，我一定会对望男好的。马董洪福齐天，我一定鞍前马后遵循您的教诲，努力上进努力拼搏。"

"好，好，好。来，这是我给你们的结婚礼物，一栋旅游景点的花园别墅的钥匙，你们拿去吧。"马董把钥匙递给吴新友又拍了拍他的肩，"小伙子，这个时候就不要叫马董了嘛。"

吴新友站直身子，深深地给马董鞠了一躬，感激涕零地说："谢谢爸。"

这一声爸把马董喊得眉开眼笑，"好，好，好，你好好对望男，你们两个好好的，将来什么都会有的。"

就这样，一个月后，吴新友和马望男的婚礼如期进行。仇永慧望着儿子婚礼的盛大场面，还有他从他岳父手中轻易得来的这套四百多平方米的豪华别墅窃喜，她庆幸自己当初对儿子离婚的支持，她仿佛看到自己的儿子将来成了总经理、董事长，到时候，她就是总经理、董事长的母亲大人了，嘿嘿，想想都让人心花怒放。

仇永慧捣了一下吴长军的胳膊说："老吴，看看，看看，听我的没错吧。"

"但愿听你的没错，可你也不想想，这价值不菲的别墅是怎么到马董手中的？就算是企业的一把手，是大董事长，也该有合理合规合情的经济收入才是。"吴长军心里还是有着深深的担忧。

仇永慧白了他一眼，"要你管，有本事你也弄来一套。"

吴长军："……"

自从吴新友和马望男在省城结婚后，小县城里凡是认识吴家的人大多向他们投来羡慕的眼光，但也不乏说风凉话的。

这个说："看看人家吴新友这小子多有头脑和福气，头一回娶个地方企业总经理的女儿就挣了大钱，这回娶了个省城大企业董事长的女儿做老婆，还不得当个总经理呀，这下可不得了哇，以后指不定能当上个董事长哩。"

那个说："啧啧，吴家这小子不光人长得高大帅气，还真他妈走狗屎运。怎么这好事都让他摊上了呢？赶明儿咱也找个企业家的女儿做老婆去。"

有人说："哈哈，现在看吴新友那小子怪滋润，就怕他妈的狗啃泥巴一嘴泥，到头来竹篮打水一场空啊！"

又有人说："这小子丧了良心，休了前妻，攀高结贵，最后肯定没个好果子吃。"

一时间，整个 C 城像是炸开了锅，说什么的都有，有的羡慕嫉妒恨，有的为郑茂菊打抱不平，可不管怎么说人家吴新友却实实在在是娶了个董事长的女儿，名正言顺地成了大董事长的乘龙快婿。

又一个月后，吴新友果真调到省城的大企业去了，还如愿坐上了总经理的位置，多年的媳妇熬成婆，把吴新友激动得没法说。

只是还没等吴新友总经理的位子坐热乎呢，马董那里就出了问题，说是有个什么案子，牵扯到了马董，后来马董就被依法批捕了。

原来私下里马董也不是那么干净的呀，他又行贿又贪污，还四处留情，据说光情妇就查出来好几个……这条消息，不亚于一颗重型炸弹炸蒙了正处在野心膨胀之中的吴新友和他的家人。

"妈，妈，这下完了，完了，这下全完了。"吴新友从省城连夜跑回了家，他痛苦地抱住了头。

"孩子，什么完了，你说什么？"仇永慧还不知道马董出事的事。

"望男的爸出事了，电视上都播出来了。"

"啊？这会不会是搞错了呀？望男爸可是有名的大企业家，不是才上过电视不几天嘛，那电视里还夸他是致富不忘家乡的有爱心的企业家，怎么就出事了呢？"仇永慧不相信儿子说的话。

"我核实过了，是真的，我们的新房也被检察院查封了，说是望男的爸贪污来的，这是犯罪非法所得，全部得充公。还有我的总经理职位也被撤了，我还有可能被司法机关调查。"吴新友彻底慌了神。

"唉，我说什么来着，你们当时不信哪。这不，报应来了不是？咱这就叫偷鸡不成蚀把米，往后咱家可有笑话看了。"吴长军沉重地叹了一口气。

仇永慧气急败坏地说："你净会马后炮，这门亲事，当初你为什么不全力反对呀，要是你全力反对，咱新友也不至于……"

吴长军委屈地嘟囔着："我全力反对有用吗？你们几时听过我的。"

"行了，爸、妈，你们都对，是我错了，是我自己从一开始就错了，这都是我自作自受哇。"吴新友痛哭流涕。

好在马董的问题并没有牵扯到吴新友多少，毕竟吴新友才和马望男结婚不久，还没有真正深入马家的生活中去呢。

吴新友的总经理位子自然没能保住，他从哪里来又被退回到了哪里去，回 C 城后，当地企业里已经没有他的位置了，之前销售部的经理已经换了新人，吴新友也没有脸面再回去，他用之前存下的一点钱，租了一个门面，干了一家不起眼的小超市。

李乎友讲完吴新友的故事后，就停了下来，他说得有些口干舌燥，他给自己斟了一盏茶，瞟了乔小乔一眼，小乔美女正低着头在唰唰记着笔记呢。

从侧面看，小乔美女可真好看哪。

小乔，你还要听啊，那行，那我就继续讲哈……

第三章

我讲的胡宏发和秦爱兰，是那年我经手的离婚案子的当事人，胡宏发四十七岁，年富力强，头脑活泛，是个搞工程承包的老板，早年间他只是农村一个泥巴糊子建筑队的头儿，仗着自己身大力不亏，有一手泥瓦匠好手艺，逐渐拉起了一支有十几人的乡村土建筑队。

你要知道，那些年，在农村能有能力拉起个建筑队的也绝对是个能人，杠杠的。

这个胡宏发的老婆叫秦爱兰，比他大三岁，个头不算高，微胖，长相也倒不差，秦爱兰给老胡生养了一个女儿、两个儿子，人都夸她怎么这么会生，头胎生个女儿，二胎一下子来了对双胞胎，这是多大的福气呀。

都说女大三抱金砖，胡宏发找了秦爱兰那可是烧了高香了，秦爱兰不仅吃苦耐劳、勤俭善良，为人还特别低调，朴素大方，还不太爱说话，就知道埋头苦干。她孝敬公婆，爱护儿女，对胡宏发更是照顾得无微不至。

最早胡宏发组建建筑队时，和泥上料的小工少，秦爱兰就俯下身子做小工，一个人能顶仨瓦匠，在工地上那是响当当的一把好手。后来建筑队越干越大，人员也由原来的十几人发展到上百人，用不着秦爱兰当小工了，她这才下了工地回归家庭，而胡宏发这时也已经把建筑队拉进城里，并注册成立一个具有三级资质的宏发建筑工程公司。

随着改革开放的不断深化，随着城市楼房建设、道路桥梁水利等基础设施建设突飞猛进的发展，随着十几个承包的建设工程项目的建成完工，胡宏发的宏发建筑工程公司成了这个地级城市里不可小觑的知名企业。

他的经营范围也由单一的土建扩大到集土木建筑、涂料生产、装饰工程、水电暖管道工程模板建材、建筑工程吊装设施器材租赁等多方面，公司也由一个小建筑公司成为综合实力一流的实力强大有影响的大公司。

俗话说穷人乍富凸腰凹肚，胡宏发骨子里改变不了他那粗野蛮横的习性，他自恃有钱就是大爷，行事也一改往昔的节俭，很有种财大气粗的派头，他在女人面前表现出来的挥金如土的样子，更是惹得许多女人追逐。

胡宏发也喜欢围在他身边的那些各色美女，外出谈业务什么的，都会带上美女作陪，公司办公室的那个正值妙龄的美女秘书肖丽丽，就经常跟他出入不同场合。

无风不起浪，空穴不来风，随着外面越传越多的风言风语，秦爱兰终于有点忍不了了。

有一次胡宏发好不容易回了一趟家，秦爱兰想了想，还是想劝一劝他，"孩他爸，咱可是有三个儿女的人了，在外你可得注意点儿影响……"

"咋啦？你这是听到了什么闲话？啥人在跟你嚼舌根子？小心我把

他的嘴给撕个稀巴烂。"多日没回家的胡宏发明显有些心虚，他当然得梗着脖子不认账。

"宏发，风不来树不响，以前我可从来没有说过你什么，咱好歹从农村出来了，可不能把个名声给糟蹋了呀。过去咱家穷，现在有钱了，可有钱也不能……不能在男女关系上出问题……"

"够了！"胡宏发被数落得有些恼羞成怒，"这日子要是还想过，你就闭上你那嘴，不想过，就给我滚。"

秦爱兰一下子红了眼睛，她紧紧地咬着嘴唇，有些不相信地看着胡宏发，这还是那个她与之同甘共苦的男人吗？秦爱兰带着满腔的失望和委屈，竟是说不出一句话来。

转眼又过了三年，胡宏发的宏发公司已经发展成了宏发集团公司，所经营的范围扩大到了建筑、建材、装饰工程模板吊装设备租赁、酒店宾馆和大型综合经营的宏发大厦。

随着宏发集团的日渐壮大，胡宏发在女人方面更是一发不可收，除了肖丽丽外，他又养了一个叫迟莲莲的女人，他分别给这两个女人在高档小区都配了一个"家"，肖丽丽和迟莲莲也都不负众望地给他各生了一个儿子，有钱人家就是不怕儿子多，把个胡宏发乐得呀，一挥手就给俩女人买了同款的名贵包包，把两个女人打发得欢欢喜喜。

为让两个儿子认祖归宗，胡宏发还特意把三个女人叫到了一块，召开全员家庭会议，除了上财经大学的大女儿没在外，其他人都在，为了表示团结，胡宏发要在城里最大的金穗大酒店举行家庭全员大聚餐。

从开家庭会议起，被俩女人称为黄脸婆的秦爱兰全程都只是默默低着头不说话，不过这会儿胡宏发的眼睛已经看不到她了，他自己享着齐人之福，别提有多春风得意了。

已经是高中生的双胞胎儿子大宝二宝实在看不下去了，他们本来就不想参加这个什么所谓的家庭成员大聚会，这会儿看到自己父亲的丑恶嘴脸和那两个小三对母亲的肆意挑衅，看到母亲委曲求全的眼泪和无助压抑，俩小子再也忍不下去了，哥儿俩你看了我一眼，我看了你一眼，接着只听"砰，砰"两声，哥儿俩把自己手中的杯子猛地摔在了地上，动静太大了，把胡宏发吓了一跳，俩小儿子也被吓得哇哇大哭起来。

"混账，这里有你们撒泼的份儿？"胡宏发觉得俩儿子是在挑战他作为父亲的尊严和面子，恨不得站起身，把俩小子狠狠地揍上一顿出气。

"你才混账，哪有你这样的老子，看看你做的什么事？真不知道丢人俩字怎么写。"两个儿子才不怕胡宏发，除了家里不缺他们钱花外，这个胡宏发连一点儿父爱都不曾给予他们，他们一边一个架起母亲秦爱兰，扬长而去。

一场家宴就这样不欢而散，肖丽丽和迟莲莲心里那个恨哪，暗暗把个银牙都要咬碎了。

"宏发你不要生气嘛，这肯定都是大姐平时当着孩子面说的话，说得多了就让孩子记住了，孩子们还小呢，等长大了就知道你的好了，你可千万别生气哈，自个的身子要紧。"肖丽丽在一旁假惺惺地说。

肖丽丽一米七二的个头，长长的披肩发下长着一张白皙的瓜子脸，黑色的眉毛，配上一双妖媚的大眼睛，长长的睫毛，洁白的牙齿，中间长着一对小虎牙煞是好看，别看有了孩子，有了孩子更有风韵了。

"要我说，宏发，你也该和大姐说开了，孩子都这么大了，就是离了婚，她生活也不会差的……你有我和丽丽姐姐，是该好好享享福了。"迟莲莲嗲嗲地向前挺了挺胸，靠了靠胡宏发的肩膀。

迟莲莲则是一个典型的南方女孩儿，身材细高挑儿，脸长得清秀可人，身体却是十分丰满火辣，当初就是靠这个吸引住胡宏发眼球的。

没过多久，胡宏发就起了与秦爱兰离婚的心思，这天，他一改往日对秦爱兰理不睬的做派，从商店里给秦爱兰和大宝二宝每人买了一身高档衣服，又从超市买来了鸡鸭鱼肉和一应蔬菜，和颜悦色地回到了那个他已经很久没有回去过的家里。

胡宏发对秦爱兰说："爱兰哪，晚上我做饭，等大宝二宝放学回来，咱们好好吃个团圆饭吧，我想和你商量商量孩子们以后继承家族事业的事。"

"你……"秦爱兰抬眼看了一眼胡宏发，没有作声。老胡这是有事呀，这么些年的夫妻，她还不了解他吗？

见秦爱兰不说话，胡宏发又说道："爱兰，这些年，是我亏欠了你，但手心手背都是肉，我对仨孩子是真心的，我还得指着这仨大的发展咱的家族企业呢。咱们俩这样拖着也不是办法，我想和你谈谈，能不能协议离婚。"

什么？离婚？秦爱兰一听这俩字，差点儿气得背过气去，胡宏发呀胡宏发，你是真的坏了良心了呀，果然还是跟我提出了离婚，可我哪能这么就依了你。

晚饭时，大宝二宝放学回到家，一推门发现胡宏发在家里，俩孩子的脸色都变了，平时不回家的他，这会儿竟然回到了家还在家里做了一桌子的饭菜，事出反常必有妖，又见自己的母亲怔怔地呆坐在那里，俩孩子心里对胡宏发便又多了一份冷淡。

胡宏发那个气呀，哦，好哇，你们两个小兔崽子，竟然敢冲老子使脸色，你们吃老子、喝老子、穿老子的，还不爱搭理老子，现在竟然连个爸爸都不叫，真是越发惯得翻天了要。

接下来的晚饭，当然也并不圆满，俩孩子一听胡宏发是回来和他们的母亲离婚的，心头的火噌噌就长起来了，大宝站起身就去摸墙角的笤帚，二宝则回身把脚下的马扎子给拎了起来。

"你俩想干啥？"胡宏发看着已经长起来的俩儿子，心里有些战战兢兢的，"我还想着把家业留给你们兄弟两个，就是离了婚后，爸爸还是你们的爸爸，你们以后上大学的所有费用，我也管。"

大宝二宝并不理会胡宏发的糖衣炮弹，这个人都要与他们的娘离婚了，以后还会对他们好吗？

"滚……"大宝二宝一起呵斥，大宝还特意冲胡宏发扬了扬手中的笤帚，二宝跟着举了举手里的马扎子。

胡宏发也真怕俩儿子对自己下手，青春期的孩子下手可没个轻重，他丢下手中的筷子，一个箭步跨到大门外头去，抻了抻衣服，悻悻地走了。

屋子里，只剩下秦爱兰和大宝二宝，三个人心里各自有事，一时间谁也没有说话。

秦爱兰想，什么事情，不怕一万就怕万一，看来胡宏发这次离婚是下定决心了，只要他下定决心离婚，就是她再不愿意，他也会逼着她愿意的。

秦爱兰冷静下来，对当前形势进行了一番分析思考，也权衡了利弊，最后选择同意胡宏发的离婚要求，只不过在这离婚协议上得增加两个条件：一是学财会的大女儿马上要毕业了，毕业后要进宏发集团高层并兼任财务部部长，参与公司经营管理；二是集团公司要给秦爱兰百分之三十的股份。

胡宏发只痛快地答应了第一条，至于秦爱兰要股份的事，他打的主意是只给孩子不给孩子的母亲，母凭子女的股份而享有其代持股的管理权利，现在他年富力强，还不到分股份的时候呢，所以这个分股份以后再说，但可以在离婚财产一栏里填写上宏发集团股份属于她的份额没有分配的字样。

经过几次交涉后，胡宏发和秦爱兰终于达成了离婚协议……

胡宏发想着与秦爱兰离婚后先是和肖丽丽结婚，待把一切都安排好后，再与肖丽丽离婚，转而和迟莲莲结婚，得先把俩儿子的户口落下，至于离婚结婚的，这两个女人哪一个他都舍不得，所以暗里还要两头跑。

胡宏发的如意算盘没能顺利实现，因为就在他与秦爱兰签了离婚协议的第三天，他的宏发集团出事了：有人举报宏发集团涉嫌偷税漏税逾千万元；而随着这个消息而来的消息，是关于胡宏发自己的，他因为那方面要求太盛，常年服用"大力神药"，竟导致他肾功能衰竭，命不久矣。

这两件事，如同一枚重型炸弹炸蒙了宏发集团，也炸晕了胡宏发和他的两个小情人，胡宏发因为身体的突然不适而进了医院，一时间关于宏发集团和掌门人胡宏发的传言，在这个二百多万人口的地级市引起了不小的震动。

三个月后，肾衰竭的宏发集团创始人胡宏发撒手人寰……

胡宏发走了，他留下的家族难题却没人能解决，同父异母的五个子女和三个女人因为财产分割的问题闹得不可开交，更是打起了旷日持久的官司。

秦爱兰的意见是按子女和人头分配，而肖丽丽和迟莲莲的意见是按户头每家平分，三方都花高价钱聘请了律师团，律师们为了不菲的代理费也是穷尽脑汁，挖空心思到处调查搜集对自己一方有力的证据。法庭上唇枪舌剑，你来我往，争得是面红耳赤，法官几经调解都是无果而终。

宏发集团的偷税漏税问题，要用拍卖宏发大厦的钱来还银行贷款，让人意想不到的是，就在宏发大厦公布拍卖公告两个月后，又有两个陌生的女人带着孩子和律师来要求继承胡宏发和宏发集团的应分份额的遗产，法院按照规定依法做出需要进行亲子鉴定的裁定，亲子鉴定当然是真的，这一下又炸了锅喽。

新一轮的财产争夺战又激烈了起来，天下熙熙，皆为利来，天下攘攘，皆为利往，终不过是一场利益的角逐。

"李老师，这个案子最后到底是怎么判的？"乔小乔停下手中的笔，一脸迷茫地问李乎有，在李乎有的讲述下，她还没理清这里面蜘蛛网一样的复杂的关系和弯弯绕呢。

"嘿嘿，还没呢，一直在打，一直打，越打越乱，越打牵扯到的人越多。"李乎有咧了咧嘴说，"这就是一团乱麻，理不顺还剪不断……"

"咱不管他怎么判，李老师，你继续讲故事呀。"孙大国忽然瓮声瓮气地插了一句话，别看他没像乔小乔一样拿笔做记录，可李大律师讲的这些故事他爱听啊。

李乎有点点头说："是，这个案子也是我接的众多案件中颇为棘手的，慢慢打吧，当事人都不急，我急个啥哩。行，咱接着往下讲。"

第四章

接下来，咱讲一讲曹一坤和韩大玲的故事。

四十六岁的曹一坤，能说会道，正值壮年，年富力强，个头不算太高，喜欢穿着打扮，天天西服领带的特有派头，他是城里聚味斋大饭店的老板。

别看曹一坤只有初中文化，可他脑袋瓜聪明啊，初中毕业后他正经上过城里的职业技术学校，学的专业是烹饪，学了两年，那也确实是学得了一手好厨艺的，毕业了还发了个中式烹调师证书还有一个面点师的证书，后来为了开饭店还在外面搞了假的二级厨师证。

有了这些证书傍身，曹一坤抓住了市场机遇，他东借西凑了一笔资金当本钱，仰仗着在城里的几个老乡，开始投资搞起了饭店生意。哎，还真别说，让他搞出了名堂来，慢慢地他就把自己的饭店做成了县城里的龙头老大，还闯出了一个响当当的饭店名号——聚味斋，并注册了商标，成为著名品牌，所推出的几道招牌菜也成了非遗美食产品。

这几年，聚味斋的生意越搞越大，越做越火，遍布城区，接连开了五个分店，还想着要不要去别的县市搞加盟，在曹一坤的理想里，他的聚味斋应该做到省城去。

为方便孩子上学，曹一坤在城里最繁华的地段买了一套大产权一百五十平方米的房子，三室两卫一厨一客厅带地下停车位，房子装修好后，他就把老婆孩子都接到了城里。

　　曹一坤买了一辆白色宝马 740，别看是个二手车，价格可不菲，花了他 69 万，还是从北京二手市场买来的，为了彰显他有实力和关系，他托熟人换来一个豹子连号车牌后面一溜 666。他的这辆车由于上档次车牌号又吉利，又是取白头偕老之谐音，寓意深远，因而成了朋友们结婚喜宴接送新娘争相使用的打头彩车，这也无形中提高了他的声誉和档次，促进了他的饭店生意，人们也就争相在他的饭店里提前预订安排酒席。

　　曹一坤的老婆叫韩大玲，和曹一坤是一个村的，她父亲是村书记，她的脾气性格很是古怪，发起飙来那可真是活脱脱一个母夜叉，张嘴就骂，抬手就打，掐人咬人，急了眼还口吐白沫翻白眼珠子抽筋犯羊角风，每次犯病都得有人使劲按着她掐她的人中才行，反正曹一坤是不敢惹她。

　　韩大玲虽然脾气不太招人待见，却很会持家过日子，她力气大，干活也是把好手，就是格外对曹一坤在乎，看得紧，又护得严，但凡有哪个女人稍对曹一坤表示出亲密，她就像被打翻了醋坛子，上天入地地闹，翻你的天、撕你的嘴、抓你的脸，简直不让人活，曹一坤真是怕了她了。

　　好在这些年风风雨雨的也过来了，韩大玲给曹一坤生了两女一男，现在两个女儿也都参加了工作，只有小儿子还在读初中，韩大玲每天开车接送，日子过得倒也轻闲。

　　韩大玲轻闲下来有了时间，也开始注重起自己的仪表来，全身上下更是珠光宝气，每隔几天还去美容店做做美容，可不管韩大玲怎样捯饬，曹一坤的眼睛已经看不到她了。

曹一坤的饭店里女服务员众多，自然是不缺年轻漂亮的女人，尤其前台服务员漂亮的仇巧巧格外出众。

曹一坤对仇巧巧一见倾心，仇巧巧对曹一坤也是一脸崇拜，就这样，一男一女，干柴烈火，很快就好成了一个人。

要说成功人士曹一坤，没个情人那是不可能的，这些年，就算有韩大玲再虎视眈眈地盯着，他私底下还是想尽了办法找乐子，对于外面的女人他更是绝不吝啬，这也是众多女人宁肯冒着被韩大玲抓奸也愿意跟着他的缘由。

只不过后来这些女人对于曹一坤渐渐失去了吸引力，被曹一坤花了些钱，一一摆平了，眼下仇巧巧的出现正好填补了曹一坤的空当儿。

年轻就是好哇，这个仇巧巧怎么有那么多好手段呢，把个曹一坤迷得神魂颠倒，忘乎所以，曹一坤恨不得把自己及自己的一切全都给了仇巧巧，没几个月就把聚味斋整个财务交付她总负责，在饭店内部的服务员全都认可仇巧巧，私底下都喊仇巧巧小老板娘。

这几天小老板娘身子不舒服就没有来饭店里，她没来，韩大玲来了，一进门就找人事部经理问："前台那个仇巧巧哪里去啦？没来上班是病啦，还是辞职不干啦？"

"韩总好。"人事部经理一看到韩大玲来了，吓得一下子站起身来，支支吾吾，"……没，没请假，也没，没辞职，我现在就打电话问问？"

"不用问了，我去问曹总。"韩大玲伸手制止了人事部经理，"忙你的吧，我去找曹总。"

韩大玲在饭店找了一圈也没找到曹一坤，打他电话，电话也总在通话中，没办法，她只好气鼓鼓地先回了家。

周末时，曹一坤回家，吃饭时韩大玲问他："阿坤，前台那个巧巧怎么回事？"

"巧巧？哪个巧巧？怎么啦？"曹一坤故作镇定，装作什么也不知道的样子说。

韩大玲一听曹一坤不认，忍不住勃然大怒："装，装，你就和我装吧，我问你，你到底还有几个巧巧？"

"哦，你是问前台的那个女服务员哪，她是个有文化会说话懂经营的大学生，像她这样气质形象都好的女孩儿，可是咱饭店的宝哇，你打听她做什么？"曹一坤不由得有些心虚。

"就只有这些？"韩大玲问，她听到耳朵眼里的可不是这样，她听人说曹一坤在外养了小蜜，小蜜就是那仇巧巧。

"就只有这些，你还不知道我吗，我就是有贼心也没有那贼胆哪。"曹一坤一把搂过韩大玲的肩膀讪讪地说。

"风不来树不响，外面可是传了你不少的风流快活的屁事，我可是早有耳闻，只是没让我逮着个现行，我可是告诉你，我韩大玲的脾气可是会杀人的，要让我找出你在外养小三的事实，我绝对饶不了你。"韩大玲指着曹一坤的鼻子说。

曹一坤只觉得脊梁骨一寒，顺嘴发誓说："放心吧，我要有这方面的事天打五雷轰，随便你咋处置好了。"

"哼，算你识相。"韩大玲恨恨地说。

接下来韩大玲就安排两个闺女去聚味斋去做管理，一个管财务，一个管人事，要抓就抓住饭店的命脉。

韩大玲说："大妮、二妮，赶紧地都到聚味斋去上班，我怀疑你爸他在外养了女人，要是跟别的女人有了孩子，你们姐弟仨的财产可就都旁落他人了。"

俩闺女也怕自己的父亲在外有人，便都答应下来："好，我们俩这就去聚味斋掌控局面。"

大妮二妮上任后，按照韩大玲的交代，各自秘密展开了内部人员开支和经营流水账目走向的调查活动，经过了一段时间的顺藤摸瓜，内查外查，终于发现了曹一坤的惊人秘密。

从人事账目上看，居然有三个女人吃空饷，不上班还照常发着高额薪水，而且还发现有几笔超过百万元的非正常划转款项……

"大妮二妮，曹一坤不地道哇，这几个吃空饷的女人肯定是他在外包养的情人，这些钱也肯定是他养情人的费用，闺女呀，咱们的家业就快被这些女人倒腾没了，这家业也是妈拼了命帮着挣来的呀。"韩大玲恨得咬牙切齿，接着又捂着脸哭了起来。

这之后，韩大玲让俩闺女去找一家私家侦探去查，这一查可不得了喽，就把曹一坤的地下情况全查了出来：他竟然在日照港口花了一百八十万元给一个叫刘丰花的女人买了一套海景房，在海阳浴场附近给一个叫陈小丽的女人花了一百五十万元买了一套复式楼房，在城区繁华地带给这个仇巧巧花三百万元买了一套小别墅，还给她买了辆宝马系列的车，更可恨的是这仇巧巧还给曹一坤生了一个男孩儿……

韩大玲她们娘儿仨合计着先想个办法，迫使曹一坤写下将聚味斋的股权百分之七十转让到他们母子四人的手中，然后再与曹一坤摊牌。

订下计划后，韩大玲给曹一坤打了个电话，"阿坤哪，八月十五中秋节了，孩子们都想你了，你也回家来过个节吃顿团圆饭吧。"

曹一坤正想着怎么同韩大玲谈离婚的事，他现在巴不得一下子脱离了韩大玲的掌控，好好地过一过自己想过的日子，那能不能趁双方都心平气和的时候，把这件事谈好呢，"……好吧，晚上我回去。"

中秋的夜，月亮又大又圆，月光照进了院子，院子里的石子小径上斑斑驳驳，一簇簇幽幽的花香暗暗袭来。

韩大玲带着三个孩子敬曹一坤酒，"来，咱们共同祝你爸爸这位大功臣一杯酒，祝他身体棒棒的带领我们的聚味斋饭店发财，蒸蒸日上。"

"祝爸爸中秋节快乐。"俩闺女和儿子举起手中的香槟酒一起说。

曹一坤眼睛忽然一湿，过往的日子如同电影一样在眼前飘过，"……好，你们都长大了，咱们的聚味斋后继有人了，今后的发展壮大就全靠你们了。"曹一坤举杯把面前盛满 52 度的老汾酒一饮而尽。

韩大玲满腔苦涩，她看了一眼小儿子，小儿子就站起身给曹一坤又满满斟上了一杯。

其实，这次中秋节喝酒，是韩大玲的计策，她想把曹一坤灌醉，想要曹一坤当着三个孩子的面在打印好的一份纸质文书上签字确认。

眼看着酒过三巡，菜过五味，韩大玲端着一杯酒说："阿坤哪，咱们虽说是还算年轻，可你看，你这么的忙，忙得整天地不着这个家，可又有谁敢保证不会有个七灾八难什么的，我看咱还是早早地做个打算，把家业划分一下吧，你看看就在上面签个字按个手印吧。"

说着韩大玲拿出了一张让大女儿早已打印好的聚味斋财产分配协议书递给曹一坤。

"什么？"曹一坤本来喝得有些发晕的脑袋一下子清醒了一大半，他赤红着眼睛，一把夺过来协议书看，看着看着头上的青筋暴跳，"哼，你们这是要造反哪？我还没死呢，你们也真敢要，竟然敢要百分之七十的股份！我凭什么给你们？"曹一坤心的话，给你们百分之七十，那我和我的那些女人和孩子们不得都要喝西北风，呸，想得美。

"曹一坤，这饭店可有我一大半的功劳，你也不想想，要不是有我在前面给你冲锋陷阵，你会有现在的好日子？曹一坤，咱不能丧了良心，我还给你生了三个孩子，要百分之七十不多，依我也就给你百分之二十。"韩大玲想起创业时的艰辛和困难，就有些哑了嗓子。

"哼，不只有你会生孩子，我曹一坤就是不缺儿子，既然你不仁别怪我不义，我这就起诉与你离婚，哼，你别想再控制我，我早就在你的粗暴下受够了。"曹一坤站起来身来，就想夺门而去。

"曹……一坤，你个混蛋。"韩大玲捂着胸口跌坐在沙发上，"大妮二妮，你俩给我拽住他，别让他跑了。"

大妮二妮就去拽曹一坤，曹一坤喝了不少高度酒，这会儿又被气狠，酒就全部上了头，身子根本不听他自己指挥，明明是想出门走了，还没走到门口呢，身子就软塌塌要倒，这时又被大妮二妮一拽，一下子就倒在了地上。也不能看着曹一坤就这样躺在地上啊，三个孩子合力把他抬进了韩大玲的大卧室，这卧室本来就是韩大玲和曹一坤的，只是后来曹一坤不回来后，成了韩大玲自己的了。

见曹一坤被抬进了大卧室，韩大玲冲三个孩子摆摆手，"时间不早了，你们也去休息吧，有什么事，咱明天再说。"

等孩子们走了后，韩大玲进了卧室，她看了一眼睡在床上死猪一样的曹一坤，忍不住想趴上去吃他的肉喝他的血，她爬上床，狠狠地掐着曹一坤的胳膊和大腿，她恨恨地说："你个遭天杀的，想跟我离婚，哼，门都没有，我韩大玲是绝不会让你得偿所愿的。"

月华如水，透过窗子照了进来，大卧室里一片温馨，也喝了不少酒的韩大玲靠着曹一坤睡着了。

夜半时分，韩大玲醒了过来，她坐起身子，怔怔地看着照进房间里的月光，禁不住有些恍惚，她四下里看看，就看到了旁边还在睡着的曹一坤，这个男人当初是她自己选的呀，想想这些年来自己所受的委屈，她心里那个恨哪。

恨着恨着，韩大玲便怒从心头起，恶向胆边生，她发誓要给曹一坤一个深刻的教训，她起身去抽屉里找来她平时失眠常用的一包安眠药，一下子倒在一个大水杯里，搅和了一会儿，喂给了醉梦中的曹一坤。

望着气息渐沉的曹一坤，韩大玲拿来了一把明晃晃的不锈钢剪刀，掀开被子，把曹一坤的裤子给扯了下来，朝着他的"命根子"就剪了过去，手起刀落，干净利索……

事后，韩大玲拨打了110报警投案自首，又拨打了120急救，但曹一坤的"命根子"却最终没能保住，一时间小县城里议论纷纷，曹公公的名字传遍了大街小巷。

没过多久，韩大玲被判了刑，而曹一坤选择了跳楼，聚味斋也终究是没落了。

"俺娘嘞。"孙大国听到这里，只觉得两腿间吹过嗖嗖两道凉气，一对本来就大如牛眼的两只眼睛，瞪得贼大。

听到这会儿，乔小乔的脸都涨红了，哎呀，这个李老师讲的这个故事呀，真有点儿那，那啥……她不好意思地低下了头。

李乎有讲完还发了一通感慨，俗话说一日夫妻百日恩，百日夫妻似海深，两个人能够结合是前世修来的缘分，夫妻之间难免发生口角，感情也难免发生变化，可不管是处理夫妻矛盾，还是感情纠葛，都不应该选择犯罪的方式，伤人伤己，两败俱伤。

"是呀，是呀，李老师说的是。"乔小乔觉得李老师总结得非常到位，她赶紧又在笔记本上记了下来。

第五章

接下来故事的主人公是于爱芹和陈洪生。

于爱芹，是我同学，李老师说，于爱芹她爸爸曾承包过一家供销社，那才真是撑死胆大的，饿死胆小的，在那个物资特别匮乏的年代，凡事都要凭票供应，因此，她的家庭的经济条件就比一般的同学要好上不少。

高二的时候，学校组织了一次文艺会演，各班挑选两个节目参加比赛。五班的文艺委员于爱芹和七班的班长陈洪生合作表演了舞蹈节目《大寨真是亚克西》，这个节目博得了师生的一片喝彩，最后获得了校优秀节目奖。

此后，于爱芹和陈洪生成了学校里的名人，到哪里都有人认识，更有不少同学开他们俩的玩笑，就是现在年轻人常说的磕CP，他们俩的舞蹈节目《大寨真是亚克西》也屡次去参加巡回演出。

他们俩在学校老师的带领下，坐着校办工厂的拖拉机，到农业学大寨工地和各村去演出，每次演出回来卸完装，学校或大队工地指挥部都会给他们下一碗面条，还带一个荷包蛋，每次的荷包蛋，陈洪生都会夹给于爱芹吃，他说他不爱吃鸡蛋，只爱吃面条。

学校里的友谊是最纯粹的，也是最唯美的，于爱芹和陈洪生之间的感情，慢慢有了变化，从纯真的同学情变得不那么纯真起来，两个人心中都长出了那么一棵枝蔓缠绕的小树来。

高中毕业后，两人都没有考上大学，也都没有选择复读，于爱芹去了供销社当了一名供销员，陈洪生也去了工厂上班，两人也不知怎么那么有缘，兜兜转转还是被人说了亲保了媒，那时候时兴相亲，于爱芹看到男方是陈洪生时，很开心，她已经长成一个漂亮的大姑娘了，她眼神烁烁地看着陈洪生，陈洪生就红了脸，没过多久，两个人就成了亲。

于爱芹跟陈洪生婚后生了一男一女两个孩子，小日子过得好起来。紧接着陈洪生就借着岳父的关系，被招工到了当时的公社农机站当了一名亦工亦农的农机维修工。

再后来，公社改成了镇，农机站就发展成为起重机械制配维修厂，生产制造起重机械设备、焊接行车、链条料、斗刮板等，陈洪生做了销售往外跑业务，负责在外联系销售安装和维修业务。

陈洪生常年在外跑业务，业务大多在外地，常州、郑州、铜川一带，一年到头除了过年过节和农忙时节回家外，平时是不回家的，又因为他业务提成高，手里有了钱后，便也硬气起来，他与于爱芹的感情在不知不觉中就慢慢地变淡了许多。

前几年，陈洪生还按时给于爱芹和俩孩子汇钱，后来，因为一个女人的出现，陈洪生彻底把于爱芹和俩孩子给忘了。

那个女人是 D 城一家工厂的女会计，他们合伙在 D 城开了个起重行车业务驻 D 城办事处，买卖起重行车链条、联系安装维修业务。

左等右等也等不来汇款的于爱芹等来了一张法院传票，是陈洪生起诉她的离婚传票，拿到传票的那一刻，于爱芹被气哭了。

哭过后，事情还得办哪，于爱芹就来找号称离婚专家的李老师，李老师是她和陈洪生的同学，比他们要小一级，李老师说他还记得他们俩演的《大寨真是亚克西》。

于爱芹抽抽搭搭地说："老同学，你可一定要帮帮我呀。"

李老师仔细地听了于爱芹的讲述说："嗯，这个陈洪生真不是东西，这就是有俩钱烧的，不要紧，法律不会依他，只要你不同意离婚，他就是再能也一时半会儿离不了的，咱们就查他，查他在外到底有多少财产。"

法庭通过外调，查明陈洪生在 D 城的配件门市部里现有存货盘点价值 32 万元，账面仅有 354 元，铜川矿上尚有 21 万元的矿用高强度链条款没有结清，在常州却没有查到分文财产线索，按于爱芹的说法可能是陈洪生事前做了手脚。

可，这些财产和账目不光是陈洪生一人所有，还有那个 D 城女人的钱财，D 城的那个女人说这些钱都是她出的资，没有陈的一分钱，陈洪生只是她业务空投合伙人……

正当离婚财产调查陷入僵局时，陈洪生突然血压升高一头栽倒在地上，嘴眼歪斜，半身不遂，躺在床上起不来了。

面对这突发状况，D 城的那个女人撤得很快，一天之内，音信皆无，而于爱芹一下子陷入了两难选择，到底离还是不离呢？

法庭上于爱芹泪流满面地说："为了孩子有个爸爸，我决定不同意离婚……既然陈洪生遭遇不测，身患重病，偏瘫不能自理，我愿意接回他来照顾他，即便是砸锅卖铁也要治好他的病让他重新站起来。"

接下来的日子，于爱芹除了早晚接送俩孩子上学，还要去地里干活，还得照顾瘫痪在床吃喝拉撒的陈洪生，所遭受的人间磨难可想而知了。

日月如梭，转眼二十年过去了，通过于爱芹的精心照料，陈洪生虽然没有完全康复，但已经能够站立起来，能咿呀呀地拖着残腿逛逛了，吃喝拉撒也能自理了，他们的大儿子已经结婚生子，女儿也出嫁了，日子看似平静地就这样过着。

2014 年，刚刚过了新年，于爱芹突然又出现在了李老师的办公室，她要求李老师代写起诉状，她要与陈洪生离婚，她说儿女都成家了，陈洪生也能走了，她也该为自己以后的幸福考虑考虑了。

李老师在感慨之余，帮于爱芹写好了离婚起诉状，并告诉她，让她的两个孩子来做他们爸爸的监护人，因为像她这种情况，在当时的法律明文规定是不允许离婚的，除非被起诉的一方得到了妥善安置，有人愿意做他的监护人。

于爱芹垂下了头："这俩孩子不愿意照顾他呀。"

李老师说："这样吧，我来做一做俩孩子的工作，看看他们谁能愿意做他爸爸的监护人，只要有一人愿意做他爸爸的监护人，法院就可以判决离婚。"

于爱芹的儿子儿媳和闺女很快就来了，事情却并不顺利，首先儿子对母亲起诉父亲离婚这件事，是很排斥的。

"李叔叔，我不同意我爸妈离婚，都这么大年纪了，连我们都有了孩子了，他们还闹啥子离婚？让人笑话不是。"于爱芹的儿子脸色难看。

于爱芹的儿媳妇低着头，却什么话也没说。

李老师看了于爱芹一眼，难道他们爸爸当年为包养小三竭力求离婚的事情，孩子们不知道？

于爱芹摇了摇头，又点了点头，当初她怕陈洪生的事给俩孩子留下心理阴影，就没有当面与他们说，但他们应该也是知道的，当年是那么大的一件事，他们也不可能完全不知道哇。

"李叔叔，您是我们的长辈，又是我爸爸和我妈妈的同学，难道我妈和您亲近，我爸他就和您远吗？还是我爸和您有仇哇，您怎么只向着我妈妈说话？您不知道宁拆十座庙，不毁一家婚的老话吗？我爸爸都这样了，一个瘫子废人，多可怜哪，在他这种情形下提出与他离婚，这无疑是在抛弃他，置他于死地呀，这样做，您觉得合适吗？道德吗？"于爱芹的儿子哭得一把鼻涕一把泪。

于爱芹一看儿子这样，心都凉了，这就是她为之忍受了大半辈子辛酸，从褓褓中一把屎一把尿，抱在怀里怕丢了，放到地上怕跌着，冬天怕冻着，夏天怕热着，遇风怕感冒，过马路怕碰着，吃饭怕噎着，喝水怕烫着，视为心肝宝贝倾尽心血抚养长大的儿子吗？

于爱芹伤心地说："我儿啊，你怎么能这样跟你李叔叔说话？太不懂事了，当年，要不是你李叔叔帮咱从外地要回一部分钱来，我拿什么养活你们哪，你现在跟我说道德？是谁二十年不离不弃地照顾着那个背叛的人？妈从来没有当着你们面说你们爸爸的那些龌龊事，但你们就当真不知道吗？"

看到妈妈伤心，于爱芹的女儿心疼了，她对李老师说："李叔叔，我妈她太不容易了，她为我和哥哥受了大半辈子的苦，我很理解她，她想离就离吧，她早就该和我爸离婚了，我愿意做我爸的监护人，承担起照料我爸的责任。"

于爱芹抱住女儿放声大哭。

很快，法院就如期开庭了，法院听取了于爱芹女儿的出庭事实陈述，她流着泪讲述了她妈妈是怎样照顾她偏瘫的爸爸，怎样拉扯他们兄妹，度过二十多年艰难困苦的岁月，她最后说："我自愿做我父亲陈洪生的终生监护人，负责照料他的饮食起居日常生活和生老病死。希望法庭尽快判决他们离婚，让我的母亲尽快得到解脱，还她本该属于她的个人幸福。"

法庭在开完庭后通过合议，终于做出了合乎情理的判决，判决原告于爱芹与被告陈洪生离婚，陈洪生离婚后的生活医疗费用由其儿子陈肖柱和女儿陈肖琪按实际花费额度各按百分之五十分别负担。女儿陈肖琪作为陈洪生的监护人负责照料其日常起居饮食生活，并负责组织医疗等事宜，起诉费三百元由原告于爱芹承担。

李乎有说："这个故事最后结局还算好的吧，莫道桑榆晚，爱情更美好，我这个同学于爱芹有权追求自己的幸福生活，她以后的人生路上肯定会有很好的灵魂伴侣出现，她的生活就该有滋有味，一路芬芳。你说是不是小乔？"

"嗯，嗯，是，于爱芹阿姨以后一定会生活得更好的。"乔小乔看了孙大国一眼，孙大国站起身，咚咚咚咚跑下楼去，听故事听得他喝了好多的茶水，这下他要去唱歌了。

"待会儿讲，待会儿再讲，李老师，我一会儿就回来，等我回来再讲。"孙大国一边说着，一边往外跑。

李乎有和乔小乔对视一眼，忍不住笑了起来。

第六章

孙大国回来了，他又开始一边喝茶一边听李老师讲故事，这次李老师讲的是巩玉喜和白小娥的故事。

乔小乔又开始记录了：

2018年夏天，夕阳西下，炎炎的烈日刚刚退去余威，到打烊关门的时候，李老师接了一个电话："小姨夫，我是小吕，一会儿我带人到您办公室，有个同学的老婆起诉他离婚的事，去找您商量一下，您给他安排个好律师代理。"

"哦，我正要下班呢，那我等你们一会儿。"李老师放下手中的钥匙，又坐回到沙发上。

没一会儿，小吕就到了，他推开门说："小姨夫，耽误您下班了。这是我在E市干物流的同学，他叫巩玉喜，这是他的女儿娟娟，他今天上午才收到他老婆起诉他的离婚书和开庭传票，想找个好律师，我就推荐他来找您了。"

巩玉喜今年39岁，个头不高，一张四方脸，说话有些结巴木讷，现下他正眼皮耷拉着，愁眉锁目，他和他老婆白小娥生有两个孩子，大女儿巩庆娟，小儿子巩庆生。

巩玉喜大专毕业，在E市一所大专院校学的是物流专业，他根据所学知识和对周边环境的实际了解通过市场分析，在经济比较发达的青川区物流园注册开办了一个物流公司，明面上他是老板，但实际上真正管事的是他的妻子白小娥。

白小娥比巩玉喜小了两岁，人长得俊俏，打扮得花哨，身材前凸后翘，看哪儿哪儿好看，眉里眼里全是甜甜的话和惹人醉心的笑，那些发货的、要车的、托运的，大家都喜欢来找她谈业务，就只是听听她咯咯的笑声也很让人心满意足。

巩玉喜和白小娥成立的万顺通达物流公司主要承接各种代收发业务和货运承运业务，起初的发展，相当艰难，通过了一段时间的摸索和实践后，他们的业务逐渐活泛了起来。

巩玉喜学以致用，精通物流知识，加上他吃苦耐劳，诚实守信，服务态度好，逐渐赢得了顾客的信任，尤其白小娥凭着一张巧嘴，加之她那会交际的周旋能力，使他们物流公司的人脉关系越来越多，市场越来越大，逐渐成为这个物流园里不可小觑的一家知名公司。

随着业务的不断扩大，他们的公司亟待增添两辆物流车和招聘四名有A证驾驶资格的老练司机，于是，他们通过银行贷款，签订分期付款的形式，购置了两辆高栏货运大车，又张贴了广告，并通过广播电视进行了公开招聘。

一连多天，前来应聘的人员也仅有三名，他们有两辆车，每车标配需备两名司机，现在他们只招聘了三名司机，就是把司机每人每月工资提到一万八千元，也没能招到第四名A证驾驶员，没办法老板巩玉喜只好亲自驾车带队，就这样家里的统配调度、联络安排、吃喝拉撒，以及其他车辆和人员的管理工作都落在了白小娥的身上。

在新招的三名司机当中，有一位名叫李大鹏的，身高有一米八，长得像武二郎武松，他高大魁梧，口方脸正，浓眉大眼，一头浓密的头发，显得特别阳刚有力，很招女人喜欢，他却因为年轻时受过情伤，一直对女人敬而远之，所以三十多岁了还是光棍儿一条。

可等到来万顺通达物流公司应聘，见到白小娥后，这李大鹏的心思就慢慢活泛起来了，过往的情伤好像也一下子烟消云散了一般，白小娥入了他的心刻于他的骨了，他从来没有这么想过一个女人，一天见不到她，就好像身上掉了一块肉一样。

见到李大鹏的第一眼，白小娥就暗暗吃了一惊，只觉得自己的小心脏颤巍巍地跳了一下又一下，这世上怎么还有这么一个让人怦然心动的男人呢，这男人合该就是她白小娥的呀。

李大鹏看白小娥，越看越爱，她哪儿哪儿都能吸引他；白小娥看李大鹏，越看越心动，男人天然的威猛和浑身散发着的荷尔蒙，无时无刻不撩拨着她。两个人你看我，我看你，还真是应了那句，情人眼里出西施，喜欢得放不下了。

货车司机因为工作性质和环境的局限，整天钻在男人堆里又困在无边的寂寞里，因而养成了口无遮拦的习惯。

白小娥置身于这种环境中，整天和这伙子男人打交道，练就了一身应付自如的本事。凭你抱一抱也罢，亲一亲也罢，凭你贱手贱爪，胡打胡闹也罢，只要给我开好车干好工作，安全无事故，就一切都 OK，时间长了巩玉喜也就见怪不怪，习以为常了。

可自从李大鹏来了后，白小娥就一反常态，不太喜欢与那些人胡咧咧了，更不喜让人掐一把亲一口抱一抱了，每每有人凑跟前想与她腻歪腻歪时，她总忍不住偷偷瞟一眼李大鹏，她果然在李大鹏的眼里看到了那隐忍的怒火，这时白小娥就觉得心里分外甜蜜，他是在乎她的呀。

这时有好事的司机向老板巩玉喜打小报告"巩老板哪，兄弟给你提个醒你可要小心那个李大鹏，怎么看着老板娘对他好像不一样呢，你可别叫人撬了墙脚。"

巩玉喜笑笑不置可否，他对白小娥一点儿也不担心，孩子都俩了，她还能跑了咋的。

这天晚饭后，白小娥对巩玉喜说："玉喜呀，你作为老板长期不在公司也不行，你亲自驾车带队路上劳累辛苦不说，家里的业务光交给我一人，对于咱公司的发展也是不利的，咱还得招司机呀，这一段咱俩替换一下，你来管家休息一下，我上车带队，反正我也是 A 证驾驶员。"

巩玉喜很高兴白小娥对他的体贴，他搂过白小娥的脖子，深深地亲了过去。

几天后，白小娥便代替巩玉喜上车了，她和李大鹏搭伙一辆车，自然也是吃住在同一辆车上。这天天在一起嘛，两个人就把野鸳鸯做下了，这出车就好比是出笼啊，两个人都找到放飞的方式，自是快活得不得了。

李大鹏开着大车一路高歌，心情特别高兴，有白小娥在旁边陪着，他那压抑了多年的欲望也得到了疯狂释放，这一路上他始终处在亢奋的状态，一点儿也感觉不到劳累疲乏。

白小娥也是无比兴奋，遇见李大鹏，她觉得是找到了自己的真爱了，尽管旅途劳累，但她身心愉悦，整张脸更是红润光亮，人也年轻了许多。

"小娥姐，我真的好爱你，咱们要是能永远在一起就好了。"李大鹏紧紧地抱住白小娥，咬着她的耳垂说。

"……大鹏，我，我也爱你，你的开车技术，唔，好棒……"白小娥拱进李大鹏怀里，喃喃地娇羞地说。

"小娥姐，我离不开你了……"李大鹏一翻身又压住了白小娥，"姐，咱俩结婚吧。"

"……唔，唔……"白小娥呻吟了起来，在外出车的这段日子，她已经完全沦陷了，她的心和身体完完全全被李大鹏占据了。

"大……鹏，姐回去就和那个死鬼离婚，姐以后就跟着你，永远跟你在一起，再……也不分开了。"白小娥癫狂得忘乎所以。

早前白小娥就已经反复想过了，这些年公司所有的业务往来账目及客户人际关系，都是她在打理和联络巩固，私下里她还偷偷积攒了一百多万元，这些资源和钱就是她和大鹏将来另立门户的基础哇。

当然这些话，白小娥还没对李大鹏说，她要先考察考察李大鹏对她到底是真心还是假意。出车的这些日子，她真真感受到了李大鹏的真情，她恨不得立刻跑回去与巩玉喜离婚，恨不得马上投到李大鹏的怀抱里，与他振翅飞翔，比翼双飞。

这一趟出车回来后没几天，巩玉喜就收到了法院传票，一看他差点儿一头栽倒，竟然是白小娥要起诉与他离婚，"白小娥呀，白小娥，我巩玉喜哪一点对不起你了，公司公司你说了算，钱钱也都是你掌管，你还要我怎么样呢？"

巩玉喜想与白小娥好好谈谈，可白小娥竟然开上大车，带着儿子庆生走了，临走还带走了家里的大部分积蓄，具体去了哪里不知道，打电话也不接，发短信也不回，更可气的是司机李大鹏也不辞而别。因为公司的业务都是白小娥在打理，这白小娥一走可不就玩完了，公司一下子就运转不灵了，没办法，痛定思痛的巩玉喜就想到了同学小吕，他给小吕打了一个电话，放下电话，他带上闺女就出了门。

李老师接下了巩玉喜的离婚案，四十二天后，巩玉喜与白小娥的离婚案子按时开庭，在开庭的那一天，白小娥作为原告只在法庭上露了露脸，开完庭转瞬就没了人影。

因为从分居的时间和感情破裂的要件上看，巩玉喜与白小娥不具备离婚的条件，而且他们结婚多年且生有一男一女两个子女，又一块打拼事业，具有深厚的感情基础，所以法庭当庭宣判驳回了原告的诉讼请求，判决不准原告白小娥与被告巩玉喜离婚，案件受理费三百元，减半收取一百五十元，由原告白小娥负担，如不服本判决，可在判决书送达之日起十五日内，向本院递交上诉状，并按对方当事人的人数提出副本，上诉上级中级人民法院。

巩玉喜和白小娥的离婚案子就这样终结了一审诉讼，暂时相安无事，但白小娥带着她的小儿子藏匿在外却再也没有回来。

"爸爸，我是庆生，你快带人来呀，这是我偷着给你发的导航，我们就住在这里，这会儿，他俩出去了。"忽然有一天巩玉喜的手机上出现了这么一条信息。

呀，这是儿子庆生发来的呀，巩玉喜像得到了救命的稻草，赶忙带人开着两辆车，连夜按庆生发的地址赶去，经过三百多公里的长途跋涉，他们终于跟着导航找到了白小娥和李大鹏的秘密躲藏地，经过周密的观察后，巩玉喜用备用钥匙，先让司机开走他那辆被白小娥私自开走的大车。

大车开走后，巩玉喜带着另外十几个人，找到门号，夺门而入，正好房子里只有白小娥和庆生在，李大鹏没在家，于是几个人连推带拽就把白小娥和庆生娘儿俩带到了车上，给拉回家来。

回到家后的白小娥，大闹特闹，人虽然拉了回来，但她飞走的心是再也拉不回来了。十多天后，一个月黑风高的晚上，李大鹏开着车把白小娥偷偷地接跑了，这次白小娥带走了他们在老家乡镇上置办的一套商品房的手续，当巩玉喜发现时，商品房已经转卖给了当地一个经销商，白小娥用这笔卖房款给李大鹏买了一辆崭新的高栏货运大车。

巩玉喜气得要吐血，这个女人是真狠哪。半年后，白小娥再次向法院提起离婚诉讼，巩玉喜带着他的一双儿女又来找李老师。

转眼到了法院开庭的时间，两个孩子因为都已年满十周岁，能表达自己的真实意愿，姐弟俩都愿意跟随其父亲巩玉喜生活，法院根据双方的约定，对孩子抚养和离婚问题进行了调解，对财产分割进行了判决。

法院依法确认他们离婚将两个孩子调解归了巩玉喜抚养，在财产分割上，除了没查清的白小娥私藏的那一百万元外，按照白小娥婚内出轨存在过错少分的原则，巩玉喜占六成，白小娥占四成，进行了分配，判决共有车辆归巩玉喜所有，未付车贷由巩玉喜承担，被白小娥私卖的那套房产作为白小娥应分的部分折抵后归了白小娥所有。由于孩子是经过双方协商同意由巩玉喜抚养的，巩玉喜自愿放弃了孩子抚养费。诉讼费用三百元，由原告白小娥承担。

李老师叹了一口气说："这场离婚案最终尘埃落定了，可是每次我想到娟娟庆生姐弟俩的眼泪，都觉得心里沉甸甸的，说来离婚受伤害最深的是孩子，但愿娟娟和庆生，以后好好成长，生活平静顺利。"

孙大国竟然也抹起了眼泪，乔小乔看了他一眼，这个憨蛋是被触动了呀。

第七章

李老师问乔小乔和孙大国："还讲吗？"

孙大国比乔小乔还积极呢，他张嘴急切地说道："讲，讲，就爱听李老师讲烟火故事。"

乔小乔又新翻开了一页笔记本，写下了题目，这次李老师讲的是单美丽和张可心的故事：

她叫单美丽，正如她的名字一样，人如其名，美若天仙。

单美丽有着一张鹅蛋形的脸，一笑俩酒窝，红扑扑的脸蛋就像一朵六月里盛开的望日莲，红红的嘴唇性感迷人，高挺的鼻梁，弯弯的眉毛如同新月，一双眼睛清澈灵动，一米七的个头，举手投足间，满是青春靓丽的气息。

她是李老师家的一个远房亲戚，是从七奶奶八姑姑那里论来的，算是李老师的小表妹。

单美丽嫁的男人是一个富二代，那个男人叫张可心，是一位私企老板的儿子，大专毕业后不愿意在自家企业里被他老爸管就去了单美丽所在的那个食品厂当了一名车间技术员。张可心谈吐不凡，温文尔雅，风流倜傥又一表人才，食品厂本就男人少女人多，这下他便成了香饽饽。

单美丽那时正是食品厂里的质量检查管理员，一个帅男一个靓女，年轻的他们相互吸引，自然而然互相就有了好感。

感情的升温，发生在单美丽受伤后，单美丽骑车上班时被一辆大车刮倒了，受了伤，胳膊骨折了，膝盖也磕破了，还撞到了头，轻微脑震荡，为此住了一个多月的医院，出院后又在家休养了两个月，伤筋动骨一百天，在这期间，张可心天天去看她，给了她无微不至的关心和陪伴。

单美丽被深深感动了，胳膊拆石膏那天，张可心带她去吃了大餐，还给她准备了惊喜，当场献花下跪求婚。

单美丽被张可心感动得掉下了眼泪，她答应了他的求婚，同年十月，他俩在民政局登记结了婚，婚后他们的大胖儿子张明亮出生了，变故发生在儿子满月时，张可心竟然与厂里的一个有夫之妇勾搭好上了，当时厂里的好多人都知道了，独独瞒了单美丽一个人。

要不是张可心带那个女人开房，被那女人的男人当场捉了奸，将事情闹到了派出所，派出所打来电话，单美丽还被蒙在鼓里。

单美丽苍白着脸去派出所领回张可心，还没进门，那个女人的男人竟然带人来堵门了，惹得街坊四邻都来看热闹。

从那天起，单美丽心里憋屈，真是又气又恼又丢人，就落下了一个癔症毛病。就这一出也行啊，谁知没消停多久，张可心又惹上了他一个同学的老婆，这回被人家打得不轻，在床上躺了足足两个月。

为这种事，单美丽到处给人赔不是，遭人白眼，癔症也越来越严重了，总想着死了好，一了百了。

张可心风流成性，狗改不了吃屎，让人今天揍一顿，明天揍一顿的，竟然还乐此不疲。

刚开始时，单美丽还打算好好规劝他浪子回头好好做人，后来失望透顶，就随他去了，作吧，作到一定程度后就作不动了。

再后来，食品厂按照市里的统一安排被列为破产企业，要破产重组，张可心跃跃欲试，想投资买断自己经营。

这下单美丽觉得是个契机，张可心把心思放在经营上，是不是就不去招惹女人了，就这样，单美丽四处向亲戚朋友借钱想帮他买断，但后来他被市领导的一个亲戚挤对了，只好撤了出来，到社会上自己投资成立了红木家具城和装饰有限公司，面向社会招聘了一批男女员工。

一连几个月，张可心都不带回家一趟的，刚开始时，单美丽以为他是刚创办公司，千头万绪的难免要忙，以公司为家那是好事，总比他无所事事的强。

谁知这张可心竟是屡教不改，老毛病又犯了，没多久就和他办公室文员韩玲玲搞上了，他带着韩玲玲下馆子开房间，四处游玩，忙得不亦乐乎，早把妻子和儿子抛到脑后去了。

后来是韩玲玲的父母找上门来后，单美丽才知道张可心把人家女儿肚子给搞大了，没有办法，单美丽拿了两万块钱，才把这事给按下去了。

别看张可心爱耍流氓，可他做生意的确是一把好手，随他爸爸南方人的基因，头脑灵活，交际甚广。他坚持薄利多销，红木家具城的家具卖得特别快，装饰工程也开展得特别好，很快就把本钱挣回来了，也还上了亲戚朋友的钱。

见生意好，又挣了些钱，更是为了摆谱撑门面，张可心买了一辆黑色的奥迪 A6 轿车，谁知钱也把他的胆子撑得更大了，他招惹的女人就更多了。

一个电厂的女经理姓侯，长得很一般，却成了张可心的最爱，单美丽无意间发现了两人肉麻的聊天记录，她的心再次被刺痛，手也哆嗦着，这聊天中的每一个字，都好像一支支箭，单美丽被万箭攒心，她再也无法容忍了，她想到了离婚，可等她看到儿子那张圆乎乎的小脸，她又迟疑了，真要离婚吗？离了婚，亮亮就成了没有爸爸的孩子了。

为了不让亮亮成没有爸爸的孩子，单美丽决定去抓奸，她从张可心和那个侯经理的聊天记录中知道，每周三是他们的固定约会日，单美丽周三那天就去了公司的办公室……

捉奸的结果是，没过多久法院给单美丽下达了离婚起诉状和开庭传票，是张可心的起诉书，他要与单美丽离婚。

为此，单美丽找到了李老师来打这个离婚官司。李老师认为，张可心与单美丽的婚姻不具备离婚的条件，请求法庭依法驳回原告的离婚诉讼请求。

法庭通过庭审，采纳了李老师的意见，当庭驳回了原告张可心的离婚诉讼请求。

半年后，张可心又向法院提出了离婚申请，这次离婚，已经是第二次起诉了，按照法律规定，他们自上次起诉离婚后没有和好，那么这次十有八九会被判离。

当然，已经对张可心死了心的单美丽，手里可攥有他实际出轨的几段视频证据，每段视频里的女人都是不同的人，这下张可心是赖不掉了。

单美丽同意调解离婚，要求抚养孩子，在财产分割的问题上，因张可心婚内多次出轨，犯有严重错误，对被告形成了严重的感情欺骗和伤害，法院会本着少分甚至是不分的原则去判。

很快离婚判决书就下来了，亮亮因为已经年满十二周岁，法庭上法官问他跟谁时，他说愿意跟着父亲张可心，亮亮的眼光一次也没有看向母亲单美丽。

拿着判决书，单美丽的眼泪流了下来。

一年后，单美丽遇到了一个主动追求她的男人，她枯死的心又活了过来，只是人生的命运是那般无常，就在单美丽第二次走入婚姻的殿堂两年后，被查出了乳腺癌，好在发现及时，癌细胞没扩散，还在初期，还有治愈的可能。

化疗后的单美丽剃了光头，为鼓励她，她的二婚老公要和她同呼吸共命运，也一起剃了光头，他们剃了光头走在夕阳下的样子很美。

李老师讲完这个故事后，乔小乔和孙大国都沉默了，好久好久才听两个人说了一句："愿好人一生平安。"

李老师听了两人的话，也附和了一句说："放心吧，好人会一生平安。"

第八章

接下来李老师讲的故事是李洪文和焦大妮的故事。

过去，我们司空见惯了年轻人离婚，也见惯了中年夫妇离婚，可很少见有老年人离婚的。

一天上午，李老师正坐在他设在乡镇的办公室里为当事人撰写诉状，办公室的门"吱扭"一声被推开了，随后进来了一个留着胡须的老年男人，这位老人竟是来咨询与他老伴离婚的。

"离婚？像你都这么大年纪了，该是儿大女大了吧，离哪门子婚呢？"李老师有些不解地问。

"谁说年纪大了不能离婚？"老人家一听李老师的话就有些激动起来，"哪条法律规定不允许老人离婚，你开门做生意，不是为了挣钱？我来找你离婚，你难道还要推托不成？"

李老师一看老人家生气了，赶紧站起身来，顾客就是上帝呀，"老哥你别生气，别生气，是我不会说话，来，来，快坐下，你慢慢与我说说到底是咋回事？"

老人家气哼哼地坐了下来，接过李老师递过来的水杯，大口大口地喝了几口水后，才总算是消了气。

老人家叫李洪文，今年六十八岁，原本是一位乡镇个体诊所的全科大夫，不仅医术了得，闲暇还喜欢研究研究《周易》推一推命理，打的一套太极八卦拳更是出神入化。

李洪文退休在家后，因为找他的患者很多，个体诊所还是把他给返聘了回去，只一三五坐班，每月的工资倒比全职上班时还高出了千把块。

按说李洪文的退休工资加返聘的工资都不低，妥妥的双薪，私下里还有一家仅供老客户的中药材小店，按说在经济方面那是在一般人之上，但实际情况却是他的钱已经越来越入不敷出，原因竟是他养着两个家庭。

咦，这到底是怎么回事呢？这话还得从头说起，那时在诊所工作的李洪文四十四岁。

李洪文在诊所工作起来常常忙得团团转，根本顾不上照料居住在乡下的媳妇和两个孩子。

说起那时候，李洪文就很感激自己的二弟李洪武，由于他不常回去，家里的农活多半由二弟帮衬着干了，特别是农忙时节，上坡下地，运肥耕地，播种除草，上肥浇水，打药除虫，一应农活李洪武干得是得心应手。

那年端午刚过，一连几天的伏天，太阳炙烤着大地，田野里大片的麦子已经成熟，李洪文家的三亩半麦田更是快干透了，鼓囊囊的麦粒儿要炸裂了，再不收割可都浪费在地里了。

晌午太阳最毒，李洪武热得浑身淌汗，他收割完自己家的一块麦子地后，开着小型手扶拖拉机就来到了大哥李洪文家的麦子地。

这几天家里的大侄子感冒生病，嫂子在家全力照顾着孩子，一时顾不上田里的麦子，她在家里急得坐不住哇。三秋不如一麦忙，三麦不如一秋长，意思说麦收得抢收哇，万一麦熟的天，老天爷下点儿雨，那可就废了，嫂子就是不来求他，他也会来帮忙的。

李洪武收麦真是把好手，只见他躬起身子，弯起腰，用了不到一天的时间，他就把这三亩半的麦子全部收割完了，又把麦子捆成一个又一个麦个子，把麦个子扛到他的十二马力的拖拉机上，每装满一拖拉机，就运到村口的打麦场上去，到时集中用脱粒机脱粒。

麦个子运了一车又一车，在运最后一车时，劳累过度的李洪武忽然眼前发黑，一下子从拖拉机上栽了下来，行进中的拖拉机失去了控制，连人带车翻进了路边的大沟里，李洪武当场殒命……

李洪武离世后，撇下了年轻的媳妇和两个嗷嗷待哺的儿子，这个家就像塌了天，失去了擎天的支柱。

李洪文听到消息后也赶紧从镇上赶了回来，对二弟的离世，他内心十分痛苦和内疚，若不是帮他家收麦子，二弟或许没那么劳累，唉……

送走了李洪武后，李洪文就自觉承担起照顾二弟的家庭、拉扯抚养两个侄子的重任。随着几个孩子日渐长大，两个家庭的开支负担也就更重了，李洪文的工资有些不够花了，他开始常常向同事借钱，可借了总是要还的呀，李洪文便有些焦头烂额。

焦大妮对李洪文说："咱们的大闺女都上初中了，你该给她置办身像样的衣裳了，总不能让她穿着寒酸地去上中学吧。"

"等下个月吧，等我开了工资就去给她买衣裳，这不老二家的两个孩子都到了交学费的时候了，我得先给他们准备学费呀。"李洪文说。

"下个月，下个月，你都说了多少个下个月了，这还有完没完了。那两个孩子的学杂费，也不能光靠咱给他承担哪，他二婶子就不能自己想想办法吗？再这样下去，咱的日子还过不过啦？"现在一提老二家，焦大妮就满腹埋怨。

"混账，你咋能说出这样的话来？老二家的孩子咱不管谁管？你忘了老二是怎么死的啦？"李洪文就听不得自己老婆埋怨，他抬手就抽了焦大妮一个耳光。

"啊……啊！"焦大妮也着了恼，她就势倒在地上，滚来滚去，"打死人啦，打死人啦，这日子没法过啦，我不活啦。"

焦大妮这一闹就把隔壁的李洪武媳妇给引了出来，一看二弟媳妇出来，焦大妮闹得更凶了，她比鸡骂鸭、指桑骂槐，村里的人都围了过来，不用仔细听都知道是因为什么事，邻居们交头接耳地议论着，李洪武媳妇觉得难堪，她一头撞到南墙上，额头上的鲜血流了下来……

这以后，李洪文就把自己的工资本交到了弟媳手中，"他婶子，你放心，从今往后，只要有我一口气在，我就会照顾好你们娘儿仨，绝不会让你们娘儿仨受半点的委屈。我的工资本你收着，该花的花，别考虑那么多，以后大哥也会到别的诊所去巡回坐诊，生活的花销不是问题。"

弟媳抹了一把眼泪说："他大伯，有你这句话，我本来想再找个男人嫁了的心就打消了，从今往后我就在这里拉扯着两个孩子安分守己地过。"

李洪文还真怕弟媳妇丢下俩孩子走了，她要是走了，自己俩侄儿就成了无父无母的孤儿，岂不是更苦了。

李洪文的心已经有些偏向二弟媳了，又因为焦大妮的脾气大又死要面子不肯低头，慢慢地两个人就更生分了，也开始长期分居。

"老哥，我可以帮你写好起诉状向法院递交，你这是首次提出离婚，一般法庭一次是不会给你判离的，如果你坚持离婚，那就要做长期的打算，或许还需要第二次甚至第三次的起诉，只有在你们达到了长期分居，感情确已破裂，证据确凿的情况下，法院才会给你判离。"李老师对李洪文说，"法院对待老年人离婚，办起来是很慎重的。"

"你就帮我向法院递交起诉状好了，莫说是离个三次两次的，就是离个十次八次的，哪怕是离到死我也要坚持离下去。"李洪文一脸坚定地说。

一个月后，法庭组织了开庭审理，庭审中作为被告一方的焦大妮，那位比李洪文还大一岁的老太太在她一双儿女的陪伴下，特意雇请了一位女律师出庭参加庭审。

焦大妮竟然向法庭提交了李洪文和他弟媳妇出轨的证据，有录像和照片为凭。

李老师趴在李洪文的耳朵旁悄声问："老哥呀，这些都是真的吗？这在一开始你可没有和我说呀。"

李洪文支支吾吾。

这次开庭后，法院下了判决书，判决不准离婚，并指出了上诉的期限，只是这次以后，李洪文就没有再去找李老师，李老师官司多，也很快把这件事忘了。

孰料，三年后李洪文又来找李老师了，此时，他已是七十一岁的老人了，但气色还好，身子板还是那么结实，"李老师呀，我还是要离婚。"

李老师就笑了，"老哥呀，你都这么大年纪了，干吗非要和老嫂子离婚，你究竟这是为了啥？"

李洪文长长叹了一口气说："李老师呀，不瞒你说，我确实和弟媳妇有了感情了，这些年，她跟着我亏呀，我不能到老还屈着她呀。本来第一次提出离婚时，我还会接着提离婚，可那时候弟媳正好生病了，我照顾她来着，这一病就把这事拖下来了，如今我和她更老了，再不能不给她个交代了。"

当然这次起诉离婚，法院又像上次一样，以他们结婚多年，且生有子女，老夫老妻，应当互相照顾为由，判决不准离婚。

这次以后，李洪文又不见了。

十年后，一个八十多岁的老人推开李老师办公室的门，李老师一抬头就愣住了，来人竟是消失了很久的李洪文老人家。

"李老师呀，我又来离婚了。"李洪文冲李老师笑了笑，可这次他的笑比哭还难看。

"老哥，你身体还好吧？又这么些年没见你了。"李老师赶紧站起身来，把李洪文扶到沙发上坐下，"老哥哎，咱都多大年纪的人，黄土都埋到鼻子尖了，你怎么还想着离婚哪。"

李洪文没作声，半晌后，他才喃喃地说："……她已经不在满一年了……"

李老师一怔，一时间竟不知李洪文说的这个她，到底是哪个她了。

李洪文哑声地说："我终究还是辜负了她……"

原来李洪文的弟媳妇生病后，身体一直断断续续不好，在他第二次提出离婚时，就被查出了胃癌晚期，他陪着她辗转各地治病，还是没能留住她的生命，如今她已经在地里长眠了，可他还没有给她一个交代。

"这婚，我是一定要离的。"李洪文泪眼婆娑。

第三次离婚申请如期开庭，焦大妮的身体还是那么硬朗，耳不聋眼不花的，还是咬牙切齿地坚持，就是不离婚，非要把老头儿也拖死不可。

法庭通过庭审，又提交法院审判委员会研究后，才在一个月后下了判决书，李老师便给李洪文打电话，想让他来取审判书，结果李洪文的电话却又打不通了，这是怎么了呢？又玩一次消失？

李老师决定亲自去送判决书，刚进了李洪文所在的小区，就遇见了李洪文的两个侄儿，他俩一脸悲戚地看着李老师说："李叔，你来晚了一步，昨天夜里我大爹突发脑出血去世了……"

三天后的葬礼上，李老师看到焦大妮一脸寒霜地坐在那里，她是以遗孀的身份坐在那里的，一时间李老师只觉得他怀里的判决书如同大山一样沉重，压得他透不过气来。

李老师说完又不说话了，这下孙大国干脆就哭出声来了，一个毛头小伙儿，哭得呜呜咽咽的，声音又粗又厚，听得乔小乔想笑，笑了一会，乔小乔的眼泪就给笑出来了。

第九章

李老师继续讲故事，这次故事的主人公是崔大菊和高鸿奎。

2019 年春节到来之际，七十二岁的崔洪柱带着比他小两岁的妹妹崔大菊，在崔大菊一双儿女的陪伴下走进了"官司王"李老师的办公室。

李老师长年没有假期，现在他还在伏案疾书呢，这么些年，他算是摸出规律来了，这个打离婚官司的是越到年节时越多，都好像趁着年节赶时间似的。

崔洪柱敲了敲门，伸头往里面看了看，"请问，你可是那个垫钱为老百姓打官司的李老师？"

李老师抬起头说："我就是，请问老哥，您有什么事吗？"

崔洪柱指了指身旁的崔大菊说："这个是我妹妹，她叫崔大菊，我叫崔洪柱，我是带她过来咨询离婚的事的。"

崔洪柱又指了指站在崔大菊身后的俩年轻人说："这俩是我妹妹的一双儿女，我们听朋友说你打官司很厉害，所以就找你来了。"

李老师特意看了一眼崔大菊，说实话，这年纪可真是够老的了，竟然还要来离婚，可见只要有人在，他李老师的官司是永远打不完的。

李老师忙站起身来招呼大家坐下来说话，崔洪柱说："我妹妹今年刚七十，比我小两岁，现在的夫家是她二婚再嫁的，现在她与那个老头儿过不下去了，想离婚。”

崔大菊接下来说："我本来不想再婚的，可……再婚嫁个好人也行啊，谁知跟了个不是东西的，一个月就三千来块钱退休金，还死抠死抠的，从来不给我钱花，有病也不想着给我拿钱治，他的闺女更不是个东西，动不动就让我滚……要不是我哥，我都不想活了。"

说着说着，崔大菊眼泪就下来了，"我把结婚证和身份证也带来了，这个李同志，你一定得帮我呀。"

李老师接过崔大菊的结婚证和身份证来一边看，一边听崔大菊继续讲述着。

原来崔大菊早在二十年前就失去了丈夫，留下了一双儿女，因为给前夫治病落下了饥荒，日子过得紧巴巴的，闺女大了找个主，随便打发个人家能过日子就行，可儿子大了不得结婚成家吗？这没有工作又没有房子的，家里又穷又有欠债，谁家姑娘能跟他呢？

为了有人能帮扶帮扶这个风雨飘摇的家，也为着给这个苦妹妹找个伴，崔洪柱就想着撮合撮合自己的工友和妹妹。

崔洪柱的工友叫高鸿奎，年龄和崔大菊相仿，他老婆是偷偷跟人跑的，把整个家都丢给了他，还留下了一对儿女，没办法高鸿奎只好带着俩儿女辛勤工作，真是又当娘又当爹的，非常不容易，他和崔洪柱交好，自然也知道崔大菊的事情，他对崔大菊也很是同情。

崔洪柱把自己的意思一对高鸿奎说，高鸿奎就答应了，崔大菊和高鸿奎两个也都没意见，所以没过多久，两人就扯了结婚证，简单地办了两桌酒席，一直磕磕绊绊地过到了现在。

刚开始，崔大菊和高鸿奎的婚姻生活还好，两家的孩子也算处得来，只是随着孩子们渐渐长大，家里事就多了起来，什么你多了我少了，什么你有我没有，总是因为一些鸡毛蒜皮的事闹。

高鸿奎家的儿子比崔大菊带去的儿子大六岁，自然要先盖屋娶媳妇，于是高鸿奎和崔大菊两人凑钱借钱的，好不容易给他建起一套大瓦房，又托人帮他说上了媳妇，媳妇娶进门一年，就添了一个大胖小子，接着是崔大菊的大女儿出嫁，高鸿奎和崔大菊好歹给她置办了些嫁妆打发她出了嫁。

日子过得飞快，接下来崔大菊带过去的儿子和高鸿奎的小女儿也相继长大了，于是高鸿奎和崔大菊又开始为这个儿子和女儿操持起来。儿子相中了一个媳妇，可这个媳妇死活不愿在农村住，非要在城里买房子，这下差距可就大了，哪怕高鸿奎和崔大菊只是给付了首付，也把高鸿奎的那个大儿媳妇给惹恼了，她跑到崔大菊跟前是三天一小闹，五天一大闹，非要崔大菊两个儿子一样不可，不是给老二首付了七万块钱嘛，那也得给老大七万。大儿媳妇嘴里不干不净闹腾得欢，惹得四邻纷纷跑来看热闹，把个崔大菊气得喝了农药，抢救得及时，命是救过来了，却落了个手抖的后遗症，又吃了大半年的中药调理，才总算好起来。最后大媳妇好歹闹去了五万块钱，才总算是歇了气不来找崔大菊麻烦了。

这一闹，把崔大菊的心都闹冷了，加上吃了半年的中药，那吃中药的钱还是她自己闺女给的，从高鸿奎那里要不出钱来了，要一次不给，要两次，高鸿奎就说钱都被大儿媳闹去了，再有也得留着给小女儿上大学交学费用。

崔大菊心里生气，觉得这日子越过越没有什么盼头，与高鸿奎也生分起来，虽在一个屋檐下生活，却一天也说不上几句话，后来演变成吃饭也不在一块吃了，自从小女儿考上大学后，两人就不再费心扮恩爱了，开始分锅分灶分床。

这期间，崔大菊去给人家干过保姆，照顾屎尿失禁的老头儿老太太，一个月也能得一两千的工资，够自己吃喝也够小病小灾地看病拿药，就这样崔大菊硬生生攒了两万块钱，这两万是她的命根子呀。

谁知那高鸿奎在外面看人家老头下棋时，与人起了争执，人都说观棋不语真君子，可他不那样啊，让他下他不肯下，人家下他就总是出言指点人家，指指点点得多了，人家下棋的就恼了，与他怼了几句，三言两语的，也不知道怎的就扯到了一起，你推我搡的，高鸿奎没占便宜，气哼哼地往家走时，没看清脚下的土坑，一下子掉进了坑里，左腿给摔骨折了。

医院治疗的费用还是崔大菊拿着自己的私房钱交的，找大儿子要大儿子不管，问高鸿奎要，他的银行卡比他的脸都干净，给小女儿交了学费生活费后，卡上一分也没有了。

崔大菊恨得直咬牙，她舍不得吃舍不得喝攒下的钱哪，这一下子就花去了大几千，看着高鸿奎躺在床上哎哟，她只恨不得扑上去咬上几口出气。

四十多天后，高鸿奎总算能下地走路了，崔大菊的保姆活也被人顶了，看着崔大菊实心实意地照顾自己，高鸿奎也有些感动，他拉着崔大菊的手说，他的退休工资呀，以后都归她管。

高鸿奎说话倒也算数，工资卡果真就交给了崔大菊，可工资卡交给崔大菊有什么用呢，小女儿每年的学费、每月的生活费，都从这卡上出，一个月落不下几个子儿，又因为大儿媳妇怀了孕，把她上三年级的大小子和上幼儿园的二闺女都送来让她帮忙看管，孩子是要吃喝的，哪是看管两个字那么简单哪，崔大菊身累心累，都快要崩溃了。

贫贱夫妻百事哀呀。

崔大菊真实的生活状况被崔洪柱知道了，他心疼自己的妹妹，也怪自己眼瞎给牵的这红线，见自己妹妹精神状态不好，他也不敢让她自己待着，天天在妹妹跟前开导，后来就想着，日子过成这样，还不如离婚了呢。

崔洪柱对李老师说："这不，我们兄妹两个才想到来找你帮忙打官司离婚。"

李老师对崔大菊说："老年人离婚，不存在孩子抚养的问题，无非是个财产和感情纠纷，是谁分多少，该不该离和离了之后的老年人赡养问题。关于这个离婚案子，你和高鸿奎之间还有没有经济纠纷？"

崔大菊说："没有什么经济纠纷，只要离婚他跟他的子女去，我跟我的儿女过，不存在相互亏欠，也不存在相互赡养的问题。"

李老师接了崔大菊这个案子后，很快就提交了起诉状，一个月后，法庭如期安排开庭，庭审中，结果大出意料：被告高鸿奎方提出要求，原告方需偿还他为其儿子买房借款七万元钱，只要原告归还了这七万元，他就同意离婚。

高鸿奎的话，把个崔大菊气得浑身哆嗦，把崔洪柱也气得要抡起拳头去揍高鸿奎，自然这次法庭调解没能成功。

半年后，崔大菊又提出了离婚申请，法庭最终做出了准予离婚的判决。

离婚后的崔大菊从高鸿奎那儿搬到她儿子家去了，而高鸿奎也想明白了，他觉得这些年是他做错了，是他对不起崔大菊，这老年离婚都是他自己该得的，高鸿奎一天天积郁成疾，一病不起，终于在孤独中离开了人世。

李老师听说高鸿奎离世，不禁有些唏嘘，老年离婚的案件，他还接了一件：

安大成退休前是一家企业高层领导干部，他有一位善良且端庄贤惠的老伴，老伴是从企业会计岗位退休的，他们夫妇生有两个儿子和一个女儿。

凭着安大成的权势，他把三个孩子都安排到了自己的单位去上班，孩子也都干到了中层干部，儿媳妇和女婿也都是从本企业找的，也算是企业里的佼佼者，在企业各个口担任着大小不等的领导职务。

日子过得正幸福的时候，天降灾难，安大成的老伴在医院每年进行一次的健康查体中查出了乳腺癌晚期，从查病到离世，只短短半年。

没了老伴的安大成陷入了巨大的孤独中，才三个月的时间，他就仿佛变了一个人，脾气暴躁，日渐消瘦，走路踉踉跄跄，精神也恹恹的，变成了一个颓废的小老头儿，孩子们偶尔会来家里，他们似乎谁也没有发现安大成的变化。

安大成的变化被他二弟安成功看在了眼里，他有些心疼自己的哥哥，他找到自己的几个侄子侄女商量，想要给安大成找一个保姆，有保姆在跟前照顾，也省了大家的事不是。

没过几天，保姆胡大妹就来到了安大成的家里，她有四十七八岁，一笑嘴角有两个小酒窝，人长得眉眼妩媚，做事也干净利索，看到胡大妹时，安大成的心突然动了动，就她了，留下吧。

就这样，胡大妹在安大成家里安心住了下来，家里有个女人，日子果然不一样了，安大成的家里传出了久违的笑声。

时间一长，安大成和胡大妹越发熟了，成了无话不说的朋友，原来这胡大妹也是个苦命人，她男人也是病逝的，撇下了一儿一女，她的家庭十分困难，为了孩子也为了生活，这才想着走出家门来做保姆。原本想着一个月挣个千儿八百的，够家里孩子们的生活费也行啊，谁知这第一家就到了安大成家，工资竟然给到了三千，还管吃管住，把她感动的呀，恨不得给安大成磕三个响头，他是个好人，这是解了她的大难题了呀。

安大成也很喜欢胡大妹，喜欢她的贴心照顾，也喜欢她的温言软语，更喜欢这个家里因为有她在而显得越发温馨。安大成变得开朗乐观起来，浑身有劲了，吃饭也香了，睡觉也甜了，还时不时地到院子里去打一打太极拳，他经常带着胡大妹到各处去走走逛逛，他的老朋友都开他和胡大妹的玩笑，他也不恼，仔细想一想好像还很高兴。

慢慢地，安大成和胡大妹两个人彼此心里都有了对方，那点儿小心思挠得人的心里直痒痒。

八月十五中秋节，因为各种原因，孩子们谁都没来，别看安大成不说，可他心里是有些难过的，晚饭的时候他和胡大妹喝了两杯酒，不知怎么这酒竟上了头，夜里他鬼使神差地摸进了胡大妹的屋，爬上了胡大妹的床……

安大成想与胡大妹结婚，他的孩子这会儿都来了，大家都不同意，毕竟这胡大妹比他们老爹小二十多岁呢，与他们大哥差不多年纪，他们岂能喊她小妈？

孩子们把二叔安成功找来了，当初就是他们这个二叔给支的着儿呢，安成功也觉得自己大哥和保姆住一起过日子可以，但结婚不行，别说孩子们通不过，就连他感情上也接受不了哇。

可安大成谁的话也听不进去，他现在已经痴迷了，做梦都想与胡大妹扯证结婚。

磨了大半年，几个孩子和安成功谁也没能劝阻了安大成，六十八岁的安大成终于还是与四十八岁的胡大妹领证结婚了。

婚礼没办，安大成领着胡大妹出门去蜜月旅行了半个月，旅行回来后，他们俩如同众多平凡的夫妻一样，很快就过起了平凡的生活。

甜蜜的日子没持续多久，很快就被安大成的一场大病给打碎了。一大早起床后，安大成就觉得心脏极不舒服，以为是没吃早饭的缘故，可吃了早饭也没见减轻反而更严重了些，胡大妹打了120急救电话，安大成被送进了医院。

检查结果吓了胡大妹一跳，安大成的心血管都堵到百分之八十了，需要赶紧做手术放支架，晚了怕出意外。

二十多天后，安大成出院，胡大妹却卷了家里的全部积蓄跑了，安大成一个趔趄差点儿跌倒，这胡大妹是又给他的心插了一刀哇。

安大成经人推荐也来找打官司的李老师，李老师一出马，一个人顶俩，法院经过审理，最终决定调解离婚协议：一、原告安大成与被告胡大妹自愿离婚，依法准许离婚。二、婚前财产个人归个人所有，婚后共同财产一辆轿车归被告胡大妹所有，原告安大成放弃分割。三、安大成一次性支付给胡大妹经济补助金十万元，胡大妹带走的钱有十万元多，所以安大成不再另外支付。四、双方无其他争执。上述协议，不违反法律规定，本院予以确认。案件受理费减半收取一百五十元，由原告安大成负担。双方当事人一致同意本调解协议的内容，自双方在调解协议上签名或捺指印后即具有法律效力。

安大成和胡大妹的故事终于尘埃落定，这也提醒了老年人再婚一定要谨慎谨慎再谨慎，半路的夫妻不好处，半路的老年夫妻更不好处哇。

李老师看了一眼认真在笔记本上记录的乔小乔，又看了一眼把眼皮都哭得红肿的孙大国，他站起身来说："走，走，我们去吃饭，到点了，先去吃饭喂肚子，故事吃饭时也能讲。"

一听说吃饭孙大国的肚子先咕噜咕噜叫了两声，他不好意思地挠了挠头皮，"嘿嘿，早上吃得少。"

乔小乔一脸回味，他俩来采访李老师之前可是一块吃过盛大的早餐的，说它盛大是因为孙憨蛋吃得多，不过，这会儿她也饿了，走，走，先去吃饭，吃饱了继续听故事。

第十章

李老师请乔小乔和孙大国吃饭，也没走多远，就在律所附近叫联龙的水饺店，点了六个炒菜和二斤水饺，在等上菜的时候，李老师又讲了孙继业和赵芬芳的故事。

他叫孙继业，原是 F 市一家单位的后勤人员，后来因为自己的老婆超生，就被单位给辞了。没了工作后，他就去了一家私人律所打杂，也是他有眼有心有才，他很快就摸清了这一行业中的一些经营套路和策略，然后他就辞职了。辞职没多久，他自己就张罗着开了一家私人律所，他申请开办的律所叫新晟律师事务所，他自任主任，并在社会上招募了两名合伙律师。

20 世纪 90 年代，私人开办律师事务所还是十分罕见的，孙继业凭借他多年积累的人脉，打通了层层环节，律师事务所开得十分红火，做律师也做得顺风顺水。他在城里大队购买了一块地，建起了一座五层楼的律师楼，相应的配套服务设施也一应俱全，随着众多的精英律师加盟，事务所影响愈大，门庭若市，收费标准也相应地水涨船高起来，大把大把的金钱赚得盆满钵满，在当地名震一方。

发达起来的孙继业，渐渐有些发飘了，他看赵芬芳的眼神也越发火热起来。赵芬芳是谁？正是他的小舅子媳妇，要说起来，他们认识的时间远远比他们成了亲戚的时间长。

那时的孙继业常常从单位赶回老家看望母亲，他的老家在前上庄，邻村就是后山村，赵芬芳就是后山村的姑娘。

孙继业是个孝子，常常回村看自己的寡娘，每次回来都要经过后山村，十次中有九次都会碰见一个辫子又粗又长的姑娘，就好像歌曲《小芳》中唱的：村里有个姑娘叫小芳，长得好看又善良，一双美丽的大眼睛，辫子粗又长……

时间一长，孙继业就与赵芬芳相熟了，两个人之间有了那么一丝丝甜蜜的情感，那时候孙继业三十岁，赵芬芳十九岁。

孙继业的媳妇是城里大队的，当时是经人介绍的，他岳父大人当时是城里大队的建筑工头。孙继业结婚第二年就生了一个闺女，可岳母身体不好，妻子也要上班，孩子一时没人看护，这时孙继业就想到了赵芬芳，他想着把赵芬芳接过去，一是帮他照管孩子，二也是他与她的那点儿心思，就这样赵芬芳就做了孙继业家的保姆。

再后来，孙继业的妻子吴娟看赵芬芳很能干，人又老实不多话，便与孙继业商量着把赵芬芳说给自己的三弟，孙继业有些不同意，"那哪能行，小三那样……"

吴娟眼一瞪，"小三哪样？"

孙继业就有些软趴趴的了，在这个家里，什么事都是吴娟拍板说了算，可是在赵芬芳的问题上，他还是想说一说自己的意见。

孙继业说："我觉得小三与芳子不合适，一是小三年纪比芳子大不说，小三还，还……不管怎么说，芳子是我带出来的，我以后回村怎么跟人家父母交代？"

吴娟眼睛斜睨着孙继业，"不是怕跟人家父母不好交代，是你自己想留着吧？还芳子，芳子的，叫得多亲切，哼，别以为我看不出你那些个小心思，你还是小心小心你自己吧。"

孙继业的心咯噔一下，他心虚地看了一眼吴娟，自己做事已经够谨慎了，难道还留下了破绽？

吴娟继续说："我也不是说，咱家那条件，在农村那里可是富贵人家，小三除了脑袋不太灵光外，其他可样样不差，他还有俩店铺不是，她嫁过去就享福，等生下个一儿半女的，家里还不是她说了算。"

最终孙继业没有拗过吴娟，吴娟还是把家里的意思透给了赵芬芳，赵芬芳听了后，没说同意也没说不同意，只是低着头不说话，后来还是吴娟说要帮她把户口从农村转出来，办个农转非，再帮她弟弟在城里的厂子找个工作，才见赵芬芳有了些心动。

孙继业其实已经偷偷跟赵芬芳好了几年了，他当然不想把赵芬芳嫁出去，可赵芬芳这么一个大姑娘，总待在他们家也不是个事，再说孩子上小学后，就该进寄宿制学校了，家里总不能还留着她呀。

趁着吴娟不在家的时候，赵芬芳抱着孙继业的脖子嘤嘤地哭，孙继业心里也不好受，对她自是百般安抚，最后两人又狠狠地好了一通。

没过多久，赵芬芳就嫁给了吴小山，当然她的户口转了，弟弟也被吴家安排了工作，别看是去了工厂，可那是正式工，将来能有退休金的。

只是赵芬芳的婚后生活并不如意，吴小山那方面不行，更别提生孩子的事了，赵芬芳过得不快活，就不想让吴娟快活，凭什么她要把她推进火坑呢，这么些年，赵芬芳与姐夫孙继业就一直藕断丝连着。

自从孙继业开了事务所后，需要找个秘书助理，他第一个就想到了赵芬芳，就这样，赵芬芳堂而皇之地成了姐夫孙继业的私人秘书兼业务助理，两人的事更加不避人了。

借着事务所的便利，赵芬芳与丈夫提出了离婚，没想到却离得十分顺利，只是财产方面一分也没给她，不给就不给，有孙继业这个大头金主，还能缺了她的吃穿用度？

这以后，孙继业与赵芬芳出入俨然是一对夫妻，事务所的那些律师一个个都是人精啊，见孙继业这样，就晓得这事务所早晚得败，便私底下寻找各自的出路，人心逐渐地散了，不久前最早的两个合伙人也是业务很棒的律师选择退出，在外各自挑头成立了两家律师事务所，这样一来，孙继业的事务所遭到了毁灭性的打击。

可就在这个时候，赵芬芳竟然怀孕了，一直为没有儿子而耿耿于怀的孙继业这下子高兴疯了，三个月后，他找医院的朋友做了检查，检查结果一出来，孙继业一把把赵芬芳抱在了怀里，"是个儿子，是个儿子，芳子谢谢你，谢谢你，俺老孙家终于有后了。"

事情这就热闹了起来，一边是事务所岌岌可危，一边是有了儿子的巨大喜悦，一边是要给赵芬芳一个交代，一边是要向吴娟提出离婚。这些事情，一下子在整个小县城里成了舆论的焦点，成了人们茶余饭后的热点话题。

半年后，孙继业的事务所关门歇业了，他与吴娟也离了婚，他们的两个女儿都归了吴娟，财产算是对半分割，也算公平。只是这样一来，孙继业和赵芬芳在F市里待不下去了，到处有人戳他们的脊梁骨，都说他们一个渣男一个渣女，成了过街的老鼠。

没有办法，孙继业开着车带上赵芬芳和刚刚满月的儿子，去深圳另谋生路，到了深圳，孙继业重操旧业，开始了他新律师事业的发展之路，可现实却结结实实地给了他一个大嘴巴子。

别看孙继业在 F 市时是个人物，可到深圳就差远了，人生地不熟的又名不见经传，当地的人根本不买他的账，哪怕他这时通过考试，总算拿到了真的律师证，可他的事务所还是门可罗雀。

赵芬芳给孙继业鼓着劲打着气，好歹坚持了三年，经过三年艰难的打拼，他们靠着收购不良资产，发了一笔小财，又通过这笔小财的积累，他们与当地几家公司做了几笔大的不良资产的债权买卖，在他锲而不舍的积极运作下，终于发了一笔大财。

正当他们踌躇满志地图谋扩大律师事务所业务的时候，一场意外的交通事故发生了，由司机驾车，赵芬芳坐在副驾驶座位上，孙继业坐在后排驾驶员的身后位置，去往珠海的一家公司谈一笔不良资产的处置情况，当车行至广澳段时，车子突然失灵，撞向了路边的高速公路栏杆，坐在前排的司机和副驾驶上的赵芬芳没什么大碍，而坐在司机身后的孙继业却当场被撞得失去了生命的体征……

噩耗传来，孙家人赶到深圳，因为对这次事故存有疑点，便对孙继业做了司法解剖，法医鉴定的结论是心脏因遭强力碰撞，造成心律失常、心跳加速，心脏骤然停止跳动而猝死。

面对法医的科学论证，排除了他杀可能，但是孙继业的亲人们还是觉得赵芬芳和那个司机可疑，可又没有别的证据，只好在当地把孙继业火化了，带着他的骨灰盒回到了家乡。

赵芬芳和儿子一直留在深圳定居，据说还生活得很好，而孙继业的这起交通事故，至今成谜……

第十一章

吃饱了饭，李老师又带着乔小乔和孙大国回到律所，还和上午的流程一样，他重新泡了一壶好茶，只不过由金骏眉换成了大红袍。

接下来李老师讲的是杨成来和刘灿花的故事：

十年前，坐落在鲁中地区的杨氏民营企业和其他一些民营企业的发展一样，历经了三代人的打拼创业，从一个小小的打铁作坊发展成为规模化的大工厂，成为当地一家不可小觑的知名企业。

这家杨氏企业的老总叫杨旭增，次子叫杨成来，高中毕业后便来厂子里学习做业务，说是来学习搞管理跑业务，可他平时吊儿郎当惯了，根本不是俯下身子做业务的人，搞管理更是不可能的，企业中层都是大专学历，哪一个不比这高中生强。

杨成来也知道自己几斤几两，说是来学习，也只是有个由头说出去好听罢了，实则是他每天开着豪车和一帮富二代四处乱窜，厂里一天到晚也见不着他的人影。

杨旭增天天忙着组织人员搞生产，天南海北地去推销产品，也没时间管他，偶尔爷儿俩见个面，随便问上几句，他总是对杨旭增编些谎话，杨旭增也不知道他究竟在外边都干了些什么。

杨氏企业是在杨焕的基础上，由杨旭增发展起来的，是靠着给人打铁起家的。杨焕是杨成来的祖父，杨旭增是杨成来的父亲，这个杨氏是十足的家族企业。按照传统的继承方式，杨家应该把这个企业交给长孙杨成庆，然而杨成庆是个有大志向的人，根本看不上家族企业，自愿放弃家族企业的继承权，大学毕业后便留在了京城发展，从事网络营销事业，搞得也是风生水起。

杨氏的接班人自然而然就落在了杨成来的肩上。

别看杨成来工作上不成器，可他长得好哇，一米八的大高个，英俊魁梧，四方脸上一双炯炯有神的大眼睛，可不就是一个让女孩子怦然心动的大帅哥嘛，又因杨家的名望和雄厚的家业资财，他这妥妥的富二代，一时间成为众多女孩子的追捧对象。

男大当婚，女大当嫁，转眼杨成来也到了该成家的时候，说媒邀亲的人来来去去，谁家的姑娘也没能入了杨成来的心，他的心里不知何时已经有了一个倩影，那是刘老板的千金刘灿花。

说起刘老板，在当地那也是响当当的，实力与杨家不相上下，这样两家人做成亲家，那还不是蝎子拉屎——独（毒）一份。

结婚那天，天气晴朗，豪华的车队浩浩荡荡，一辆打头的白色宝马轿车挂着大红的喜字，用大红的绸缀装饰着，车身还挂着彩球，后面紧跟着的是二十辆黑色的奥迪A6，最后紧跟着的是一辆黑色的越野大奔，二十二辆车，双数，取成双成对之意，数字吉祥，寓意着两人白头偕老，双方今生今世幸福圆满。

车队围着市区街道特意炫耀地转了两圈，逢桥燃放鞭炮并撒下硬币，逢树张贴红纸，并撒下粉红的碎红纸和金色的彩带，预示着一路红红火火，金碧辉煌。

杨家的厂房里也是到处贴满了红红的喜字，工人放一天假，都参加了这场盛大的婚礼，工人每人随礼二百元，杨旭增给工人每人回馈了一个五百元的大红包，工人这下子更是乐得眉开眼笑。

杨家的大门口、杨氏企业厂门口，都扎起了彩色的彩虹门，旁边排放着十几门礼炮，喜庆的唢呐锣鼓班子吹吹打打好不热闹，两个大音响，四个大喇叭，轮番播放着《今天是个好日子》……

盛大的婚礼过后，杨成来和刘灿花甜蜜的小日子过得有滋有味，一年后，刘灿花生下了女儿彩彩，学名杨继彩。

杨旭增看着牙牙学语的孙女彩彩，决定和儿子杨成来好好谈谈，已为人父了，也到了该有担当的时候了。

"成来呀，你以后要担当起我们杨氏这个家族企业的责任来，而我们也要发展，还有这一大家子人的开支和企业的正常运转，工人的工资，不是一个小数目哇，你哥他在北京，人家不掺和咱这企业，那只好咱爷儿俩来干，爸爸也是五十多岁的人了，常年患有胃病，说不定哪天也会倒下，你可不能再像以前那样出去一天到晚地不着家，得把心收收，该放在企业的发展上啦。"杨旭增好不容易逮住个机会，对杨成来说。

杨成来不以为然地摆摆手说："爸你还年富力强得很呢，咱家企业的事我也不懂，你就甭管我在干什么了，反正我干的你干不了，我自己干的那块也可能就一夜暴富。"

"你说什么？你还一夜暴富？给老子说说你究竟在干什么？"杨旭增狐疑地一把拉住杨成来的手问。

"没什么。"杨成来发觉自己说漏了嘴，便立即否认。

"你刚才不是说一夜暴富吗？你给爸爸说说，是不是在赌博呀？爸可告诉你，你得干正事，走正道，可不许和那些不三不四的人来往，搞什么赌博的事，你小心被人家算计，上当受骗栽跟头。"杨旭增说。

"赌博又怎么啦？看我这车，崭新的本田雅阁，2.4 排量的，这可是我一夜赢来的。"杨成来挣脱杨旭增的手，指着外面的那辆日产进口轿车拍着胸脯自豪地说。

杨旭增恨铁不成钢地说："哦，好你个杨成来，敢情你天天外出，没白没黑地在玩这个呀，我可警告你，赶快给我收手，这就是人家给你设的套，先给你尝点甜头让你先赢得高兴，再设局出老千让你输得惨痛。"

"哼。"杨成来眼看跟自己的老爸谈不成，一甩手走了，气得杨旭增干咬牙没有办法。

杨成来把杨旭增的话当成了耳旁风，他已经在赌场尝到了甜头，现在让他回头，可比杀了他都难受。

从家里出来，杨成来照常像从前一样进了赌场，杨成来的这一次参赌，带了一百万元的现金，他想再赢一回大的。上次他只赢来了一辆本田 2.4 排量的轿车赢得不过瘾，主要原因是他没有带够本金，按照赌场的规矩，他只能玩赌资在一百万元以下的赌局。

为了弄到钱，杨成来可是费了不少力气，他从财务室里偷出了财务印章，从银行的账户里以购原材料需要支付现金为名分多次共取出了一百万元的现金，说来也怪，这一波操作，竟然没被人发现。

见杨成来拿了巨资来，赌场上的几个大佬都咧着嘴露出笑容，鼓动他说道："你小子这次要赢大了呀，看来我们几个的钱这次是注定要都被你圈走啦。"

杨成来信心满满，第一回合还算顺利，小赢了一把，第二回合下来，就不行了，一下子就输进去了二十万元，紧接着他又玩了第三把牌，这一次又输掉三十万元，这下他急了眼，两手一挽袖子一把砸进去了五十万元，嘴里吆喝着和啦，发发发，结果一亮牌，手中净是幺鸡，臭牌，五十万元就这样被人家轻松地拿走了。

就这样，玩了一天牌，杨成来带去的一百万元现金输了个精光，他懊恼极了，决定再去赌一把，一定要打个翻身仗，把输了的本钱全部给赢回来。

一个月后，杨成来又如法炮制，在财务偷盖上印章，从银行里套取二百万元的现金作为赌资，又参与了一场豪赌。

杨成来带上这二百万元，跑到城里的一个企业老板组织的赌场上，展开了博弈。

几回合下来，他把二百万元全部扔在了赌场上，垂头丧气地离开赌场后，无处可去，半夜时分，偷偷地溜进了家，一头钻进了被窝，蒙头便睡了起来。

月底厂子里算账，杨旭增一查账才发现自家财务上的账目已经被杨成来偷偷支走了三百万元，而他刚从外面谈了一大笔业务，本打算用这笔钱来购取原材料，好好地赚一把，发个大财，却不料财务上已无钱可取，这让他陷入了困难境地，这该如何是好。

杨旭增窝了一肚子火，看到杨成来，手里端着的水杯就扔了过去，杨成来一偏头，杯子摔在了地上，成了碎片，"杨成来！我杨家让你败光了！三百万哪儿去啦？这是我用来购买原材料组织生产的备用金，说，你给弄到哪里去啦？"

杨成来很少见杨旭增发这么大的火，"我，我，我，我拿去当赌资，赌了，全输光了……"

"啪"，杨旭增狠狠地给了杨成来一巴掌，"混账，不孝子，你，你气死我了，你这是败家啊，你……你……"杨旭增气得直哆嗦，想想积累下来的血汗钱，想着接下来完不成订单需要赔的违约金，他只觉得头要炸开了，这会儿他恨不得掐死这个孽子。

杨成来脖子一梗就来了少爷脾气，嘁，还打他？他一炮蹶子跑了，气得杨旭增捂着胸口倒在了地上。

杨氏企业还得要渡这个难关，无奈之下，杨旭增想到了贷款，但是银行紧缩银根，一时间难以贷到，他只好向当地的高利贷去求告贷款。而高利贷有他的规矩，没有相应的抵押和担保，是分文不放贷款的，这可怎么办呢？事情紧急呀，几个大合同的违约可不是闹着玩的，若成功了不仅能赚一把，还能够弥补一下儿子赌博赌出去的大窟窿。

贷，无论怎样都要贷，哪怕是月息一毛钱的高利贷都得贷呀。无奈之下，杨旭增向他的亲家刘老板说明了情况，就这样刘老板出面给他担保，他再用自己的厂房土地机器设备做抵押，从高利贷贷出了三百万元。

经过一年的艰苦奋斗，杨旭增如约完成了一二期合同，扣下高额利息，算下来还能盈利一百多万元。杨旭增喜极而泣，这是他最难的时候，比他创业之初还难。

只是这一百万元与杨成来赌出去的三百万元相比还是杯水车薪，企业的生产流动资金是再也堵不上了，杨旭增要想再完成大的订购合同，就得再去借高利贷。

按说就这样下去，企业还有东山再起的可能，可杨成来不干哪，他觉得杨旭增这样艰辛求财，太难了，一年才盈利了百八十万，要知道在当初这百八十万可只够他玩两把的，他决定利用这一百万元帮杨旭增翻本，他就不相信，自己的点就会那么背，就只是输的命。

杨成来于是趁杨旭增外出联系业务的空当儿，又把杨旭增玩命冒险借高利贷才挣下的一百万元流动资金给偷了，这一次，他不仅将这一百万元全部扔在了赌场上，而且还欠下了二百万元的赌债，把厂房和设备也给押了进去。

半个月后，杨旭增从外面签订了几份大合同带回了家，正准备组织生产，厂子里却来了一大帮讨债的人，拿出了杨成来给人家写下的借款凭据，还有他们厂的厂房和机械设备抵押清单……

杨旭增一下子就傻了眼，一口气没喘上来，倒在地上了，经过抢救，才喘过一口气来。只剩下半条命的杨旭增心里那个急呀，这真是叫天天不应，喊地地不灵啊，情急之中，他喊人把李老师叫了过去，都知道李老师打官司牛，这次看看能不能有个回旋余地。

李老师跟他分析说："孩子的赌债咱不能还啊，他赌出去的这一百万元是追不回来了，咱们即便是报案这也是赃款，公安部门追回来也要上缴国家，至于孩子写下的这二百万元的赌债借条和抵押清单，咱们可以向公安局报案说明，这是赌博形成的非法且无效，并要求公安机关依法查究他们开设赌场的犯罪刑事责任。"

经过公安机关的查究，杨氏企业的厂房土地机械设备的抵押物是保住了，可是，由于杨旭增这一病，耽误了购买原材料组织生产的最佳时间，使签下的几个合同都误了期，形成了违约，不仅合同不能继续履行挣不到钱，还白白地赔给人家五十多万元的违约金。这下子，真的是把杨氏企业给拖垮了，从此走上了恶性循环的下坡路。

杨旭增经过了一段时间的调养，身体恢复了原状，便活动着再外出去联系几笔业务，好求得一线生机，让自己的家族企业尽快地恢复元气。就这样，杨旭增又借了十万元的高利贷，作为外出联系业务的差旅费和打点资金，他跑到了陕西铜川的矿区，签下了一份供应一千条矿用高强度链条的合同，回到家后，他便四处筹集资金，采购原材料，组织工人进行剪板下料折弯电热加工增加强度生产，做拉力检验，经过了三个多月的辛苦奋战，终于完成了供货合同，挣下了十万块钱的利润。这笔钱虽然不多，但对于一个濒临破产的民营企业来说，也算是一笔非常值得珍惜的收入了。起码的日常开支和出差费用就有了保障，可他万万没想到的是，就是这十万块钱，他也没能保得住，又被杨成来给偷了去。

杨旭增这一下子就被气得吐血不止，于七天后，含恨离世。

杨旭增的离世，使这个本就摇摇欲坠的民营企业失去了顶梁柱，再也无法支撑，无法组织人力物力去发展经营了，尤其是杨成来还在里面捣乱，眼看着楼塌了，业倒了，门关了。

"你是杨成来吗？我们是法院的，现在向你送达起诉状和开庭传票，你收一下。"两名胸前佩戴国徽、身穿法院制服的法官找到了杨成来，向他例行公事，送达了法律文书，他接过来一看便明白了一切。

他年轻貌美的妻子刘灿花在一个月前就带着孩子回了娘家，这是向法院递交了起诉状，正式提出来要求与他离婚了。

他无可奈何地在法官送达文书上签下了自己的名字。

到了开庭的日子，李老师陪着杨成来出庭参加诉讼，杨成来想要回孩子，但是，对方却据理力争，死活也不肯将孩子让给他，拖延了大半年后，刘灿花再次起诉离婚，法庭只好依法判决离婚，并考虑到孩子的抚养能力，以及对于孩子今后的成长是否有利的因素，将孩子判给了女方抚养。

第十二章

讲完杨成来和刘灿花的故事后，李老师几乎没停，又接着讲了刘鸿江和何美丽的故事。

刘金发，因最早使用银行贷款在镇上开了家商贸货栈而出名，他很有经济头脑，置地建房，扩大经营，搞批发，挣下了丰厚的家底，他也是这个镇上数得着的有钱人，做生意的都想和他结交，有的周转不灵，也向他借钱，他总是会出手帮助，但帮助归帮助，借的钱可是要按一分钱的月利率向他支付利息的，久而久之人们就给他起了个外号叫"钱串子"！

"钱串子"家里，这几天遭到事了，儿媳妇何美丽正起诉儿子刘鸿江离婚，原因是刘鸿江吸毒，这事还得从头说起。

"钱串子"膝下有一子三女，刘鸿江是他的独子，打小娇生惯养，养成了很多坏毛病，小时候顽劣十足，经常逃学，考试成绩也从没及格过，在家里更是称王称霸，唯我独尊。

随着年龄的增长，刘鸿江好歹糊弄了个初中毕业，便辍学在家了，刘金发为了稳住他的心，便早早地给他定下了一门亲。女方在镇上开工厂，算是个有钱人家，两家也可谓门当户对。好歹到了结婚的年龄，这边刘金发正要联系酒店给刘鸿江操办婚事，谁知刘鸿江却给他来了个先斩后奏，拐上邻村一个叫何美丽的女孩子跑了。

刘鸿江这一跑，把个好好的婚事给搅了个一塌糊涂，让刘金发夫妇在亲家面前吃了"窝脖"，受尽了责难，丢尽了脸面，最后赔了人家一笔不小的钱才算了结。

两年后，刘鸿江带着何美丽，抱着个又白又胖的娃娃回来了。这小子未婚先孕，非法同居，没领结婚证就生了孩子，违反了国家的计划生育政策，刘金发看着孙子高兴得合不拢嘴，他积极主动地向计生部门缴纳了一笔不小的罚款才算息事宁人，给孩子落上户口后，又给两人补办了结婚手续。

儿子结了婚，又有了大孙子，刘金发的心总算放下了一大半，还有一小半是因为儿子工作的不着调而悬着。

刘鸿江是个典型的夜里欢，白天恹恹的没有精神，一到晚上，就撒了欢喽，和一群狐朋狗友聚在一起抽烟打牌喝花酒，夜夜笙歌，彻夜不眠，时间长了，好好个身体被榨干，像个大烟鬼。

何美丽的肚子倒是争气，两年后，又给刘金发添了第二个孙子，这下是太长脸了，刘金发一高兴就把刚装饰好的三层小洋楼送给了何美丽，又给何美丽买了一辆四五十万元的车，还给三个女儿下了通知，给二孙子过百日宴时，谁都得拿礼，少于两万九千九百九十九元，这个刘家的门以后就不要进了。

二孙子的百日宴还没过，派出所王所长一个电话就打来了，"老刘啊，鸿江吸毒被抓了……你赶快来一下。"

"咋？鸿江吸食大烟？"刘金发差点把手里的电话甩了出去，他眼前一阵阵发黑，头嗡嗡直响，老伴着急了，打电话把三个女儿及女婿叫了来。

是大女婿开车拉着刘金发把刘鸿江暂时接回来的，刘金发跟王所长是老相识老朋友了，他千恩万谢地缴了两万块钱，算是把刘鸿江给弄了出来。

刘金发一把拉住了刘鸿江的手，"江啊，你怎么吸起了大烟？你难道不知道，这玩意儿就是鸦片。"

"什么什么？你是谁？干吗不让我抽？"刘鸿江还一副没睡醒的样子。

"混账！"刘金发抬手就给了刘鸿江一巴掌。

这巴掌打得有点儿疼，刘鸿江生气了，他搡了刘金发一把，"滚，你是谁，敢打我，小爷让你知道知道我的厉害……"

"你……"刘金发就要脱鞋子抡鞋底。

还是大女婿劝这个劝那个，好歹劝着两人都上了车，汽车一溜烟开回了家。一回到家，刘金发就让人去把大门锁上，他准备好好教训教训这个孽子，大门锁了，人却找不见了，四处去找，也没找到，还是调了家里的监控，才发现人早就从东墙翻墙跑了。

刘鸿江吸毒的事，当然没能瞒过何美丽，何美丽已经在长期的苦闷中对刘鸿江没了感情，借这次的事，把两个儿子扔给了刘金发夫妇，自己开车出门散心去了……

何美丽在散心的路上认识了一位有缘人吴觉，吴觉的细心体贴和英俊帅气，很快就俘获了何美丽孤独的心，两人一见倾心，坠入爱河，等何美丽散心回来时，两个人已经是难舍难分了。

就这样，回到家后的何美丽借刘鸿江吸毒的事提出了离婚，儿子归她抚养。刘金发把刘鸿江强行送入了戒毒所，孰料在戒毒所刘鸿江又被牵扯出了贩毒的事，半年后，法院刑庭开庭做出了判决，刘鸿江等一干吸毒贩毒人员十一人均被判处有期徒刑三到八年不等的刑罚，并被判处一万到五万不等的罚金，刘鸿江因贩毒情节较为严重，是这伙被判服刑人员中的贩毒骨干人员之一，被判处了有期徒刑八年和五万元的罚金。

刘鸿江银铛入狱后，法院到监狱开庭，通过审理，依法做出判决准予原告何美丽与被告刘鸿江离婚，两个孩子因被告刘鸿江被判处刑期较长，孩子无法跟随其生活，且考虑到对孩子将来的成长因素，故将两个孩子判归原告何美丽抚养至十八岁。

判决一下，刘金发一下子瘫软了，他老泪纵横，泣不成声。

和发财也是一个富二代，不过他与刘鸿江不同，他受到过良好的大学教育，是个聪明的人，而且父亲和西常对他不仅不溺爱还要求格外严。

和西常是一诺起重机械设备厂的老总，他从一开始培养和发财就是按自己接班人的目标来培养的，至于和发财按不按他的培养走，那就另说了。

和发财大学毕业后没多久，就进了自家的工厂。他年轻，脑子好使，心眼活泛，人又长得英俊潇洒，在厂里收获了一批小迷弟跟随，设备厂嘛，女孩子少。

和发财下了一盘大棋，他利用一诺和他老爸和西常的影响力，开始操盘融资，先是在工商部门注册登记了亿丰资本管理咨询有限公司，对外专放高利贷，美其名曰经济互助，月利率少则二分，多则一毛，还有更高的，他还搞银行借贷还款过桥，这个时间短，利润高。

和发财的亿丰资本不仅有民间融资和放贷业务，还抽出资金去投了房地产，业务开展得那是相当的红火。人们纷纷把手头的余款投放到他的亿丰公司里来，以赚取不菲的利润，而那些急需资金周转的客户也是络绎不绝，一时间和发财的名字成了香饽饽，声名鹊起，逐渐超越了和西常的名望，成为人们心目中的产业新贵。

随着年龄的增长，和西常就把一诺全权交给和发财打理，他本人则退到了幕后，除了偶尔帮发财出出主意打打关系外，他最喜欢的事就是钓鱼。

和发财接管了一诺后，倒也很是踏实地干了两年行车业务，后来他觉得行车投资大，出力多，同行竞争也大，一年到头算下来的利润与投入和产出不相匹配，与他的亿丰资本比，来钱还是太慢了。

和发财渐渐地就把重心转移了，他全身心地扑在亿丰资本上，一诺设备厂则全交给了生产厂长娄高利负责，管他怎么干，别倒闭了就中。

这天，棉纱厂的徐进打来电话："和老板啊，手头有没有二百万哪，我急需用钱购买一批棉纱，只用一个月，周转过来就给你，连本加利一分也不会少。"

和发财一听要借贷，眼睛都放光了，"二百万哪，没问题，可是利息要五分哪，我从他们手中拿来的也是四分钱的利息，我只挣一分利，您可是到期一定要还哪。"

一个月后，徐进很讲信用，连本加利如期归还，这一笔放贷业务，和发财稳稳当当地净赚了十万块钱，相当于他父亲干行车生意要焊好几台行车才能赚到的利润。

一连几笔这样的买卖下来，和发财便买了一辆奔驰350轿车，钱是□人胆，也是烧包的炭。

和发财随着融资放贷业务的不断扩展，赚了个盆钵满载，便自恃有钱，狂傲不羁，出则前呼后拥，不是下饭店就是洗桑拿，豪车美女，成了他的家常便饭。他还收了两个女孩儿，成了他的小二小三，在两个女人分别给他生下孩子后，他又分别给她们买了楼房和豪车，温柔乡里，自是风流快活，和发财都快把自己的妻子给忘了。

就在这时，小二哭着来说被他的妻子给遇见了，挨了骂还挨了打，这还了得，和发财一腔怒火，这个不看事的婆娘早该和她离了，没出一个月，和发财就用钱硬生生和妻子离了婚。

这下和发财该是脱缰的野马，可着劲撒欢了吧，谁知天有不测风云，和发财被朱勤惠给坑了。

朱勤惠是和西常的一个老伙计，有几十年的交情了。

朱勤惠有一笔银行贷款，还上接着能再贷出款来，他就想着先找和发财借款来还。

"惠叔，你需要借多少？"和发财问。

"我需要五百万，你直接打到银行的账号，替我把这笔贷款还了，行长答应我月初就接着给我贷出来，十天，我就用十天，十天后，我连本加利一块还你。"朱勤惠说。

和发财想了想说："五百万，这可不是一笔小数目，咱爷们儿归爷们儿，我们可是有规矩的，你得把你的厂子抵押给我，你这是急用，一毛的利息，到时你说到做到，咱爷们儿都好看。否则，你可别怪老侄子不认你这个叔哇。我这钱可是淘换别人的，我要给不上人家，人家可得要我的命。"

"你放心，我把厂子手续都给你带过来了，走，咱这就去办手续。"朱勤惠拉着和发财就走。

等办好了一切抵押手续后，和发财立刻调动资金，很快就帮助朱勤惠把他的贷款还清了。

十天后，到了朱勤惠该还款的日子，结果银行的贷款却给卡住了，原来再贷款本身就是行长的一个幌子，因为行长要走，上级要求临走谁放的贷款谁负责收回来，不收回来就地免职，不再给安排新的职务，连工资也要停发，还要追究责任。

眼睁睁被行长涮了，朱勤惠、和发财有苦难言，尤其和发财，作为放贷人，他急需的是钱，因为只有资金流动起来，他才能赚钱，但只要有一笔款不能按时收回，他就会亏本，而且还会像多米诺骨牌效应一样，大厦将倾。和发财害怕了，他想着尽快把放出的款都收回来，先西墙补着东墙吧，只是还没等他去收款呢，他的几个较大一点儿的客户竟然都跑路了，鬼影子也找不到一个。

和发财的亿丰资本出现了前所未有的资金链断裂，那些抵押的土地、厂房、机械设备、货物一时半会儿的也化不出水来换不成钱，放出去的贷收不回来，融入的资金利息支不出去，那些投放资金的大小商户见势不妙，便一窝蜂地拥了上来，纷纷要求和发财将本金退给他们。有的推搡打骂他；有的恶狠狠地将他的几辆豪车给强行夺了去，顶账开走了；有的还报了警，引起了当地政府和公安部门的高度重视。于是，公检法联合行动，一纸查封令，和发财的亿丰资本管理咨询服务有限公司，以及他名下的起重机械设备厂房土地和租赁出去的经营门头房和他本人名下的房产全部给查封了，并且连银行账号也给冻结了……

往日的风光不再，厄运却连连找上头来。和发财因涉案资金达上亿元，被依法按非法融资发放高利贷判罪定刑十五年，并处巨额罚金上缴国库。

和发财钱也没了，财也空了，人也被判刑了，他的小二小三也带着孩子纷纷给自己找了退路，跟着别的男人跑了，而他的父亲和西常因为心情太过于激动，中风偏瘫了，晚景凄惨，一天到晚在院子里两腿画圈，嘴里还呜呜咽咽含混不清地嘟囔着，也不知嘟囔的什么。

第十三章

　　李老师的故事可真多，都是真人真事，大都是经他手办理的，所以他谈起来才会如数家珍，信手拈来，他接下来故事的主人公叫常怀儒和巩来英。

　　常怀儒今年六十五岁，单身，有一儿一女，各自都已成家立业，他常年放羊养牛，慢慢地就积攒了几个钱。

　　常怀儒手里有了钱，难免心里头除了吃喝外，有了些别的想法，他悄悄踅摸着想找个老伴。一天，他到一家个人开办的婚介所里报了名，交上二百元钱的报名费，单等着婚介所给消息了。

　　过了没几天，婚介给他领来了一个五十五岁的打扮时髦的老太太，叫巩来英，两个人聊了一阵，都没有意见，便按照婚介的要求定下了这门亲事。他按之前说好的，给婚介支付了五千二百七十元的中介费，然后又置办了一桌酒席，给了老太太五千二百七十元的彩礼钱，寓意为老来二次婚姻成双成对成夫妻的意思，还给老太太买了一个银镯子、两身衣裳，并到民政局办理了登记结婚手续，举办了一场由双方儿女参加的婚礼。

　　按说，接下来老头儿老太太好好过日子就中了，谁也没有想到仅仅两个月后，巩来英老太太就不见了，找不到巩来英，常怀儒急了，老伴没了，那自己花出去的钱岂不是白花了。

常怀儒就闹到婚介所去，"你们拿了我的钱，得给我把老婆子找回来，我可是通过你们介绍花了大钱的。"

婚介所刚开始也帮忙找来着，无奈那巩来英如同人间蒸发一样怎么也找不到。再后来，婚介所也烦了，常大爷一来，便能拖就拖，不能拖就溜，实在被逼得没法了，就怂恿常大爷去起诉离婚，只盼着好歹能打回点儿钱来减少损失。

常怀儒心有不甘，说实话，他对巩来英还是满意的，只是找不见人也只能是干着急没有办法。

常怀儒就来找李老师，都说李老师打官司很厉害，他把全部希望寄托在李老师身上了，"李老师呀，这回你可得帮我的忙。"

李老师说："老哥，你就去巩来英儿女家找一找嘛，一个老太太她还能到哪儿去，肯定躲儿女家里了。"

常怀儒一脸苦笑，"找了呀，我几乎天天去找哇，每次去，那个小兔崽子连门都不让我进，直接就把我往外赶，我，我豁不上那脸皮。"

李老师亲自陪着常怀儒去巩来英儿子、女儿家找人，当然也没有找到，巩来英的儿子女儿都是一个口径：没见到，还要找你要人呢。把个常怀儒气得肝疼。

见不到巩来英的面，事情就没法解决。没办法，常怀儒只得请李老师帮忙写诉状，走法律诉讼程序解决。

只是这个官司也打得很是艰难，连续打了两年才在二次起诉时把这个婚给离了，因为已经结婚而且已经一起生活，对方老太太在法庭上不承认是自己的原因而离家出走，并坚持说是老常虽年纪比自己大几岁，但性欲要求过强，她受不了他，才不得已躲出去的……

对于男女双方的说辞，法庭无法查证，只好作做出判决准予常怀儒与巩来英离婚，而对于常怀儒提出的返还彩礼的要求不予支持。

常怀儒心里那个气呀，这可真是赔了夫人又折兵，自己的钱没追回来，还落了个天大的笑话，他自觉脸上无光，羊也不放了，牛也不养了，整日窝在家里喝酒，没一年就喝出了肝硬化，没出半年，人就没了。

另一个老年人叫谷大年，今年七十一岁了，是企业退休的正处级干部，一月退休工资八九千元，还住着小洋楼，前两年老伴因病去世，撇下了他一个人，纵然儿子闺女时常上门，也难解他的孤独寂寞。

时间一长，老谷同志就开始朝儿女们发脾气，儿子闺女便商量着给他请一个上门保姆来照顾他。保姆很快就来了，她五十来岁，身材匀称，不高不矮，不胖不瘦，剪着齐耳短发，一双眼睛黑溜溜的像一湾深潭，她是从乡下来的，叫付桂花。

付桂花做得一手好饭食，普普通通的食材到了她的手里，也会做出一桌香喷喷的饭菜，老谷同志很是喜欢吃小付做的饭菜，说从这些饭菜里吃出了家的味道。

老谷同志越来越爱笑了，人好像也越来越年轻了，他每天都能陪小付去一趟菜市场，拎着菜篮子走得虎虎生风，小付紧跟在他身后抿着嘴笑。

自从付桂花来家后，谷大年再也没有发过一次脾气，好像那曾经又倔又犟的驴脾气不是他似的，他如今是出奇的好脾气，如果不是小付同志小他一二十岁，他都想撒娇喊她小姐姐呢。

付桂花是三十五岁那年守寡的，男人是生了重病没的，欠了很多账，这些年她咬牙还上了欠账，独自一个人拉扯着儿子艰难过活，如今儿子考上大学了，她终于可以松一口气了，可看到儿子勤工俭学自己挣学费她又心疼了，地里实在刨不出钱来了，这才开始出门做居家保姆。

谷大年是处级干部，退休工资待遇高，给她出的钱也多，一个月管吃管住两千四百元，他还时不时地给她点零花钱，这样一个月下来她也能收入小三千块钱，一个月三千，一年就三万六，交儿子学费和生活费外还有结余呢，付桂花对谷大年更是感激，照顾得更加无微不至了。而谷大年每天对着养眼的小付，心里不免就暗暗地生了说不清道不明的情愫。

渐渐地付桂花也觉察到谷大年对她的感情了，她眼睛亮亮的，走起路来也更轻快了，时不时还会给老谷同志唱唱歌儿，她知道老谷最喜欢听些老歌，她就唱《花儿为什么这样红》，把个老谷听得热血沸腾。

到这年年底，老谷就和小付捅开了窗户纸，两个人果然是你情我愿，就这样两人去民政局办理了结婚登记手续，拿到了结婚证，顺理成章地成了合法夫妻。

谷大年与保姆付桂花扯了结婚证，这可捅了马蜂窝喽，儿子闺女知道后，一千个不同意一万个不赞成，这会子儿女们都有了时间了，今天你来，明天我来，来干什么？美其名曰照顾老父亲，一来就虎视眈眈地看着付桂花，不让她靠上前来，把个付桂花闹得几次要舍了老谷回老家，急得老谷夜里又是求饶又是哀告，这样的情形持续了大半年，谷大年身心俱疲，先前由小付带来的身心愉悦，这下子全没了，他一下子显出老态来，真是一个年迈的老人了。

终于有一天，谷大年在他一双儿女的逼迫下来到了李老师的办公室，按自己儿女的意思来办理离婚。

李老师说："老年人也有婚姻自由哇，老人结婚是他自己的事，怎么还非得需要征得你们这做儿女的同意呀？"

"嘿，我们都不知道该怎么对你说了，那个保姆太年轻了呀，她根本就不是冲着我爸爸来的，而是冲着他的房产和退休金来的。"老谷的儿子女儿你说我说的情绪很是激动。

老谷长叹一口气说："李老师同志你就甭问了，就按他俩说的给我办起诉离婚吧，唉。"

李老师就接了老谷这案子，只是还没等写起诉状呢，老谷的儿子就打电话给李老师说，先别起诉了，老谷带着付桂花竟连夜跑了，他们现在不急着他爹离婚了，无论如何得先找着人啊，怎大年纪了，再有个好歹。

说完谷大年，再说朱大章，朱大章比上面的老谷和老常都年轻些，才五十七八岁，可命运却也不济，早些年在河北一个民营铸造厂承包干活，汗流浃背地抡大锤砸铁砣子，把要下料的废铁或铁砣子按照钢炉的要求硬生生地砸开，有时候就用氧气焊枪割开，有时候就用剪板机剪开，反正是干那下死力气的活。

前些年，他时运还好，顺风顺水挣了一片家业，在农村盖起了小洋楼，把儿子闺女都安排好了，正当他完成了任务享福的时候，他的老伴却得了半身不遂的毛病，加上原有的肺病，卧床两年半后死了，这一下他一个人的日子就孤独起来了。

日子难熬，可也得熬哇，总不能两手一撒不过了，真不过了，还舍不下那已经成家的儿女，唉，养儿一百岁，常忧九十九，总还是牵挂着儿女不是。

朱大章的老宅与李老师家的老宅紧挨着，有次李老师回老宅看年迈的父母，就遇见老朱了，老朱说："老弟，我想找个老伴，你整天给人打离婚官司，认识的人多，能不能帮我留心找一个呀？"

李老师一听乐了，这个朱大章可真会算计，找他比婚介所好哇，起码不花钱，"老朱哥，你要不要听听我办过的老年人离婚的案子？"

朱大章听了李老师的话，半天没言语，是呀，老年人再婚可不容易，找着个好的还好，要找个不好的那后半辈子算是玩完了。

这以后，朱大章果然就安静了下来，这几年帮着儿子看孙子接送孙子上下学，抽空还会去闺女家看外孙，两边跑，跑得也很快活。

六月的天长，迟迟不见黑天，都俨然是傍晚了。

李老师说了一天，真心觉得很累，他对乔小乔和孙大国说："天都要黑了，我们是不是也该下班了，如果你们还想继续听，那等明天我们再讲吧。"

乔小乔这才惊醒过来，哎呀，听故事听得太入迷了，把时间都给忘了，她抬眼去看孙大国，天哪，那边桌案旁边睡得正香还流下了涎水的不是孙憨蛋是谁？

第十四章

乔小乔和孙大国第二天又来李老师律所了，孙大国今天就比较恭敬了，眼睛再也不乱瞅了，这会如果李老师再抓乔小乔小手的话，他铁定不会想着跟光头哥报告了，可他看了半天也没看到李老师拉乔小乔的手。

不拉拉倒，不拉更好。

李老师开始说故事了，今天说的是吴天霞和胡安平的故事：

那年吴天霞才刚刚三十岁，有一米六七的个头，一头披肩的长发，身材丰满，高耸的胸脯惹人艳羡，樱桃小嘴儿十分性感，尤其是她的那一双美丽的丹凤眼儿，抛出长长的秋波来，吊着人的心，勾着人的魂，让人的心儿痒痒得不明所以地跳了又跳，动了又动。

吴天霞已经是一个女儿的妈妈了，生过孩子后的身材更是透出一股子诱人的甜蜜的醇香。她之前还不是一个打工妹，二十四岁那年才嫁给邻村的胡安平，胡安平大她两岁，和她一样没有多少文化，也就混了个初中毕业，十七岁后就一直在外打工，结婚了也出门打工，一走就是一年，从年头干到年尾，只有到了年关那几天才会像归巢的大雁飞回家。

胡安平干的是劈铁砸钢的力气活，跟的是本村一个常年包钢厂活的老板，老板还让他当了一个代班班长，每年的收入都在五万元以上，加上计件奖金，一年下来拿个十万八万的也是有的。这样的工资在打工人中算是可以的了，回家时他便有些看不上家里的婆娘了，因为工地上也有女人，女人力气小，不能干劈铁的活，但洗衣做饭打扫卫生什么的还得需要女人，慢慢的就有女人向胡安平抛出橄榄枝来，胡安平自然是来者不拒，有些女人知道他好这一口，就不断有不同的女人来投怀送抱。

胡安平有些骄傲了，觉得自己有魅力。

劈铁有时候得用巧劲，女人嘛，一身蛮劲就够了。

因为一年才回家一次，回去一次也待不了几天，胡安平与吴天霞的感情也就慢慢淡了，加上在农村吴天霞又不会打扮，他更看不上眼了，生的又是个闺女，对此他也是极不待见。

胡安平挣的钱从来也不交给吴天霞保管，他对于那些把钱打给老婆保管的工友嗤之以鼻，钱在自己手里才保险，才有更多的女人喜欢，他每月只打给吴天霞两千元的花销。

别看在农村，那花费也不少，人情世故的都得拿钱，还不能拿少了，都知道胡安平在外能挣钱，拿少了让人笑话，可手里除了每月的两千来块钱外，吴天霞实在没有别的来钱项。跟胡安平开口要了几次，胡安平也只是答应着给，却总也不见多给，后来，吴天霞也就不要了，她知道胡安平在外面有女人，有就有吧，天高皇帝远的，她也管不了。

只是手心向上的日子不好过，吴天霞是真体会到了，等孩子上了幼儿园，她盘算着去镇上找个不耽误接送孩子的活，挣多挣少的，够她和孩子零花也是好的，省得和男人张嘴磨牙乞求要钱就像要饭似的。

吴天霞先去镇上理发店里让理发师按她的脸型给做了头发，理发师是个二十来岁的小青年，一见到她就姐姐姐姐地叫，叫得那个亲，还说姐姐长得真俊，真好看，比电视上的明星还好看。吴天霞一听就笑了，眼睛眯起来，挑着眉来看他，把个青年理发师给惹得上了头，一个劲地告饶，姐姐快撩死我了。

吴天霞没觉得自己有多好看，要是自己好看，那胡安平为啥还不喜欢她？

吴天霞做完了头发就围着镇子转了一圈，镇子果然比乡里繁华，车水马龙的大马路上，熙熙攘攘的人群，俊男靓女们犹如从画上走下来的一样，她站在一扇大玻璃门前一时竟看得呆了。

玻璃门内是一家民间资本运营公司，正在招聘，那招聘的主管看到吴天霞眼睛一亮，这女人长得好，会是一个合格的女公关。

民间资本运营公司，说白了就是民间放贷公司，那几年当地为搞活经济，对这类公司也是睁只眼闭只眼的。

公司的老板叫王光营，三十七八岁，长得很是高大威猛，一身魁梧的腱子肉，八块腹肌，站在吴天霞面前时，差点把吴天霞的涎水给勾出来，恁好的男人哪，比那胡安平可好到天外去了，那眼睛里的深情也容易让人沉沦。

王光营长得好，却是一个从大山套里走出来的实实在在的农民，他的父母没什么本事，常年在老山套里面朝黄土背朝天地靠老天爷赏饭吃，风调雨顺的，能收成好点儿，遇着歹年，就一家人挨饿。他一共有兄弟姊妹四个，他是家里最小的，上面的两个哥哥一个姐姐也各自成了家，都同父母一样一辈子扎根在农村了。

小四儿王光营却不认这个死理，不服输，不愿在农村搭上自己一辈子，他先是跟着人外出打工，去过深圳也去过重庆，还去过江苏，在连云港因为打架的事还被关进局子，后来不知怎么就流落到这坎儿镇来了。别看这地方叫坎儿镇，可一点儿也不坎儿，做什么都顺风顺水的，就这样，王光营就在坎儿镇住了下来，那年他二十五六岁，一转眼在坎儿他都待了十多年了。

王光营眼光看得远，头脑灵活，他是来坎儿镇后才找的媳妇，媳妇是坎儿镇当地的叫张灿莲，比他大了三岁，俗话说女大三抱金砖，所以婚后的日子果然就好过了起来，张灿莲给王光营生了一儿一女。

王光营结婚后跟他的岳父干行车安装维修，贩卖链条等业务，很快就挣下了创业的第一桶金，后来他觉得东跑西跑的怪累，就想自己干。那时候正时兴民间资本运营，俗称放贷，他觉得很有市场，便筹措资金在坎儿镇注册了一家民间资本管理运营公司。

人靠衣裳马靠鞍，干什么生意要有干什么的配套设施来装点，为了扩充门面，王光营租赁了一座三层小楼，购置了一套红木家具，装饰一新，安装了现代化的办公设施，一切准备就绪后，公司就开起来了，别说还真挣了不少钱。

看着业务量增大，王光营就想招聘个女公关，最好招个美女公关，美女搭台，经济唱戏，酒是先行官，最好这个美女还是个会喝酒行令的才好。

这不主管把吴天霞给招到了，那可是给王光营招到了一个宝。

吴天霞在公司被培训了半个月后就走马上任了，她被委任为公司的业务总管，还兼王光营的私人助理，帮王光营处理公司里的一些事务。由于吴天霞经常陪着王光营出入饭店宾馆，与客户谈业务签合同，搞一些应酬活动，慢慢地，她与王光营之间就不那么单纯了，有了另一层关系。

那是在一个招待晚宴上，与外地客户谈判签下合同后，王光营非要吴天霞多陪客户喝几杯，以至于吴天霞破例放开了酒量，连连与客户干了六杯酒，喝得对方差点儿就趴在了桌子上。

"天霞呀，好酒量，真是海量，不愧是女中豪杰。我们公司有你这样的女将，何愁生意不发，人缘不广啊。"王光营借着酒气搂着吴天霞的香肩夸道。

"哪里，我的酒量可没有老板你的酒量大，你才是海量啊，今天我借花献佛，借老板你的酒也和你喝上三杯，感谢你对我们几个员工的照顾，老板多发财，我们多发红包。"吴天霞脸蛋儿绯红，举着酒杯，俏生生地站在王光营的跟前，非要和他喝几杯。

"喝交杯酒，喝交杯酒。"喝大了的客户看热闹不嫌事大地嚷嚷着。

吴天霞的脸蛋儿更红了，像是一个红苹果，王光营的心里痒痒的，真想咬上一口，"好，好，霞子，来，咱俩喝个交杯酒。"

喝过了交杯酒后的那个夜晚，吴天霞和王光营就突破了最后一道防线，两人如胶似漆地睡在了一起。

吴天霞真是爱上王光营了，她死心塌地地想跟他在一起，永远在一起，王光营比那个胡安平好上一千倍一万倍，人长得好会疼人体贴人，跟着这样的男人，才不枉当女人一辈子，吴天霞生了跟胡安平离婚的心思。

这年秋天，吴天霞向法院提出了离婚申请，她离婚的理由是胡安平不拿她当自家人看，不给她钱花，长期分居，法院的传票很快就送达了胡安平。

法院是按照吴天霞起诉书上提供的胡安平的电话，通过电话送达的，胡安平接到电话后不但没有半点儿的生气，反而还哈哈大笑了起来。他表示他同意离婚，只要法庭安排开庭时间，他都随时恭候。

法庭在得知了胡安平的想法后，立刻通知吴天霞到庭调解办理准予他们离婚的手续，而且，婚生女儿男方也没有和她争夺抚养权，只是做出了如果跟随女方生活，他就不支付任何抚养费。吴天霞为了达到尽早拿到离婚手续和王光营结婚的目的，又想得到女儿的抚养权，也只好答应了胡安平提出的离婚条件。

这边吴天霞的离婚诉讼办得特别顺利，顺利得就连她自己都没有想到，其实她的离婚起诉正中了胡安平的下怀，胡安平早就打好了算盘，正想与她离婚娶他老板的妹妹呢。

吴天霞的离婚有多顺利，王光营的离婚就有多艰难，首先他岳父那里就很难过关，当年他是靠着岳父起家的，他这会儿离婚那叫忘本。

再就是张灿莲，张灿莲虽然也没有什么文化，可她就是能稳得住脚，甭管你怎么闹腾着离婚，人家不气不恼，不温不火，就是两个字，不离。她还搬出了王光营的老爹老娘来向他施压，做他的工作，不让他离婚。法院送达法律文书，她张灿莲带着俩孩子玩起了躲猫猫，藏起来，愣是叫你找不到人影，送达不了起诉状和开庭传票。法庭没有办法，只好按照法律程序办事，让王光营交了三百元的公告费，在《人民法院报》上登报送达，这样一来，就延长了诉讼期，一下子就拖过了七十五天的法定送达时间。

到了开庭时间，谁知那张灿莲竟然带着律师来了，法庭上，张灿莲和她的律师是据理力争，讲述了一大堆不够离婚的条件，感情尚好，且生有一儿一女，为了孩子有一个完整的家，不至于影响孩子的身心健康成长，为人父的王光营应该慎重对待自己的婚姻，珍惜自己的家庭，只要王光营回心转意，婚姻和家庭还是幸福的。

法庭采纳了张灿莲方的意见，当庭驳回了王光营的离婚诉讼请求，判决不准他与张灿莲离婚，诉讼费三百元、公告费三百元均由王光营承担。

这下子，王光营打算迅速与张灿莲离婚后和吴天霞结婚的梦想一时半会儿是实现不了了，吴天霞有些沉不住气了，此时她已经怀孕三个月了，王光营要等到半年后才能提起第二次离婚诉讼。再说半年后，也只是再行起诉的时间，还不是确定离婚的时间，即便是等到半年以后再行起诉，也还有诉讼阶段，那时怕是她的孩子都要生了。

吴天霞是真急了。

吴天霞越想越害怕，越想越难过，她流着泪对王光营说："光营你怎么也得给我个交代吧，要么咱打掉这个孩子，要么，你给我写下个保证书，保证我和孩子在一年内有个正式的名分，或者，你给我写个三十万元的保证费用，别万一你离不成，我和孩子都落了空。"

王光营拍了拍吴天霞的脑袋，"亲爱的，孩子是你我两个人爱情的结晶，无论如何你得把孩子生下来，只要你能生下这个孩子我给你写，我给你写五十万元的保证条。"王光营顺手给吴天霞写下了一张五十万元的保证条。

俗话说，屋漏偏遇连阴雨，天有不测风云，人有旦夕祸福。正当吴天霞和王光营盘算着在附近租个房子好安排吴天霞居住生孩子用的时候，他们的公司业务却遭遇了一连串的打击，放出去的几笔大贷款都逾期没有收回，而且，还有的跑路了。更为想不到的是，国家出台了限制性文件政策，打击民间的这种变相的高利贷行为。与此同时，一些入股的资金大户闻风而动，都来找他要求退回股本了。一时间，公司陷入了资金短缺的严重局面，人心浮动，公司乱纷纷的，一团糟。王光营又气又急，血压升高，急火攻心，一下子病倒了。

此时，吴天霞也腆着个大肚子，眼看着就要生了，前来要账的人们见王光营病倒在床上，便把矛头对准了身怀六甲的吴天霞："这些条子上也有你的签名，你不是他的助理合伙人吗？那你就来给我们一个说法吧。"

"既然已经出现了这种特殊情况，这也是谁也不愿意看到的事情。你们大伙也不要着急了，等一等王光营他看好了病就去催收债务，一旦催收上来连本加利息，就一块付给你们。"吴天霞对那些围着她要账的债主说。

"等王光营病好了，我们得等到什么时候哇？还不得是猴年马月呀，不行，我们现在就要。"要账的人才不理会吴天霞的说辞。

"你看我的光本钱就十万元，加上这几个月的利息也有好几万了，要不这样吧，我就不要利息了，只要你们现在还我本钱就行了。"一个手持十万元借条的债主说道。

"是呀，我也不要利息了，你就替王光营光还本吧。"另一个债主也说。

"你们看，我都这种情况了，连走路都很困难了，我还有什么能力？"吴天霞被人围堵着，觉得快喘不过气来了。

"这样吧，你给我们写个保证吧，写了保证我们就走。"一应人等都要求她给他们写个保证，无奈，她只好照办，给人家每人都写了保证，人家这才饶过了她走了。

围堵的人走了，医院的电话也打过来了，原来王光营那天去医院检查后，并没有及时取检查报告，现在报告出来了，医生让他们速去医院办理住院手续。

王光营得了尿毒症，还是晚期，这下塌了天了，吴天霞只觉得天旋地转，肚子疼了起来，这个孩子来得太不是时候了。

吴天霞在这边生孩子，王光营在那边也住进了医院等待化疗，吴天霞生下了一个白白胖胖的大小子，六斤七两重，吴天霞看着健健康康的孩子，想着病入膏肓的王光营，再也忍不住地流下泪来。

　　七天后，吴天霞出院了，她没有等到王光营来接她，孩子满月了，她等啊盼哪，还是没有盼到王光营的到来，她抱着孩子跑到医院，医生告诉她王光营已经被他的家人接走了，回家准备后事去了。

　　吴天霞抱着孩子呆住了，她的一切希望和爱都落了空，她成了他没有名分的女人，孩子也成了私生子，而王光营终究是要丢下她了吗？

　　还没等吴天霞回过神来，王光营就永远地去了，临走他也没能再看上一眼他的霞子和他和霞子的儿子……

　　一晃八年过去了，吴天霞带着大女儿和小儿子，过着艰难的生活，还时不时有人拿着欠条来要账，每每这时，吴天霞都会大发脾气，拿着笤帚把人赶跑，赶跑了人后，她会站在那里哈哈大笑，她心中的苦哇，又有谁知道。

第十五章

李老师接下来继续讲故事，讲刘丽丽和孙猛的故事。

刘丽丽今年只有三十二岁，正是女人如花似玉的好年纪，别看她已经生了两个孩子，却一点儿也不显老，和那二十来岁的大姑娘站一起，倒比那大姑娘还水灵。

三年前，刘丽丽二十九岁，她男人孙猛常年在外打工，她在家里带着俩孩子没事干，大女儿在村里的小学上一年级，小儿子在邻居家开办的幼儿园里上全托，她便想着出去找份工作，挣个零花钱还在其次，关键是见见外面的世面，再在村里待着，都快闲出病来了。

那年夏天，刘丽丽就去镇上找工作了，她没结婚时干过刮泥子、刮仿瓷吊顶棚、贴瓷砖砸引线之类的活儿，她想着去镇上最好还干这样的活，手不生，干起活来就快，一天怎么也能挣个百儿八十块的，给孩子买块糖不甜吗？

"老板有没有找干装修工的？"刘丽丽问镇上的一家劳务中介公司的男老板。

"你一个女的，会干装修？"老板是个年轻人，也不过三十来岁的年纪，抬头狐疑地上下打量着她。

这女人长得可真是好看，腰是那腰，胯是那胯。年轻的老板看怔了眼，刘丽丽问了好几声，他才回过神来。

老板生生咽了一口口水，连连说道："哦，我这里正缺会干装修的技术工呢，你，你来吧，每天干十个小时管吃管住，一个工人一天二百元，外加一身工作服，还有手套，高空作业，再加高空作业费。"

"真的？"刘丽丽很是吃惊，不想自己一出门就找到了这么好的工作，"那我什么时候来上班？"

"你现在就可以上班了呀。"年轻的老板笑容满面，他叫肖飞飞，高中毕业后便进城打工，在一家装饰公司里干装修工，一干就是五年，他学会了装修的各种技术活，成了装修全能通，得到了老板的赏识，老板想收他做合伙人，好在装修界好好干一番事业。可肖飞飞有自己的想法，他打小就没有娘，是爹一把屎一把尿把他拉扯大，如今他长大成人了，就想离他爹近一点儿工作，于是他决定凭自己所学的本事回家自主创业。

这不回来后就在镇上开了这家劳务中介，自己有一帮子干活的人，主要接装修的活，几年时间，也干得风生水起的，在镇上有了些名声。

只是肖飞飞的婚姻不算完美，媳妇长得倒是挺俊，就是两腿走路是个外八字，怪不好看的，可肖老汉一门心思地看好这门亲事，说这样的媳妇儿好，不会跟着别人跑，硬生生押着肖飞飞把这门亲事给办了。

所以肖飞飞对自己的媳妇儿实际上不太满意的，可他又怕伤了自家老爹的心，便也委曲求全地过起了日子，好在媳妇儿婚后两年就给他生了一个儿子，聪明伶俐的儿子暂时缓解了肖飞飞内心的落寞。

肖飞飞一看到刘丽丽，那沉寂下来的心思，立马迅速地活泛起来了，他的眼睛放着光，好像是狮子终于看到了猎物一样，如果说世间有一见钟情的话，那他就对刘丽丽一见钟情，魂牵梦萦，魂不守舍，他被刘丽丽美丽的倩影搅得翻来覆去地彻夜难眠。

刘丽丽果然是一把干装修的好手，可肖飞飞舍不得她干那些粗活，他想把她留在自己身边，迎来送往搞搞接待什么的蛮好，关键是还时时在自己眼皮子底下，看着美女多养眼哪。

肖飞飞说："丽丽，你刚来，就不要去装修工作现场了，你就在我办公室里先熟悉熟悉公司的业务，帮我搞搞综合接待吧。"

"那，老板做办公室工作会和干装修工一样钱吗？"不用去工地，刘丽丽当然喜欢。

"哦，对你，工钱是一样的，对别人可就不一样啦。"肖飞飞看着刘丽丽的脸，那脸嫩得怕是一掐就会掐出水来。

"哦，那谢谢，谢谢老板啦。"刘丽丽又岂能不懂得肖飞飞的眼神，那眼神都快把她吃了，不管什么时候，女人也是喜欢被男人特别是年轻的男人追求的呀。

就这样，刘丽丽就在肖飞飞这里正式上起了班，每天光鲜鲜来，每天光鲜鲜回，包包里还不缺钱，时常还能跟着老板混个酒局见识些能人大款，慢慢地刘丽丽的见识就多了。

肖飞飞很会取悦女人，几乎没费什么劲，他就成功达到了自己的目的，跟刘丽丽有了更进一步的关系。

两个人有了第一次，便有第二次，一次又一次的便更让人不能自拔了，肖飞飞觉得爱死了刘丽丽，一日不见如隔三秋的感觉。刘丽丽也渐渐在久违的激情中迷失了自己。

肖飞飞对刘丽丽说："丽丽，我太喜欢你，太爱你了，亲爱的，我会对你好的，好一辈子，只要你愿意，我就和她离婚，娶你做老婆，要是你不愿意，咱俩就算是合伙开公司是合伙人。"

刘丽丽偎在肖飞飞的怀里，"飞，我也爱你，爱死你了，我要离婚，我要跟你在一起，永永远远地在一起。"

刘丽丽还没说完，肖飞飞就贴了上来，接着两个人又胶在了一起……

从这以后，肖飞飞和刘丽丽俨然就成了一对不分你我的情人，整天出双入对，无论干什么事情，他都是带上她，她也乐得陪伴左右，两个人好成了一个头，有时候安排个工程活儿，她也是不厌其烦地交代一番，俨然是二当家的，明眼人一看就明白了他们之间是怎么回事，他们两个的感情也越来越深了。

"丽丽，你和他离婚吧，我也离，离了咱俩结婚，咱有这一摊子干装修的事业，还愁干不出个人样来吗？就凭我们俩的能力，一定会是这个世界上最幸福的人。"

"你真的这么想吗？"

"我真的就这么想，我恨不得这就把你娶进门，让你做我的快乐新娘。"

"那好，咱一言为定，拉钩上吊，一百年不许变，谁变谁就是小王八。"

这年年底的时候，孙猛回家了，见到刘丽丽竟有些不敢认了，丽丽啥时候这么漂亮了，看洋气的穿着，看滋润的脸色，这哪里还是开春后离家时的那个丽丽，看得孙猛都有了感觉了，要不是白天，他都想拉着她上床了。

刘丽丽看了孙猛一眼，他矮冬瓜一样，比起肖飞飞，连肖飞飞一根脚指头都不如，"孙猛，咱俩离婚吧，你这一年到头的在外打工，我一个人在家拉扯俩孩子，又得出外打工挣钱，实在是过不下去了。"

什么？才刚一回家，又快过年了，这丽丽是闹的哪出？"离婚？你离的哪门子婚哪？咱都俩孩子啦，丽丽你逗我的吧？"孙猛心里一惊，他有些丈二和尚摸不着头脑。

刘丽丽说："我想好了，咱俩好说好离，也别打别闹，让儿子随你，怎么着他也是你老孙家的一条根吧，女儿跟着我，咱俩谁也甭支付对方孩子的抚养费，我呢，也跟了你这么些年了，没有功劳也有苦劳吧，可你挣的钱，我不要，都还是你的，只要你痛快地答应和我离婚就行。"

孙猛的心一下子沉到了底，"看来，你是早打算好啦？丽丽，你与我说实话，你是不是在外有了相好的？你们这是合计好了吧？快说，那个男人是谁？看我不拿刀去劈了他。"

刘丽丽看了看孙猛发狠的样子，只觉得有些可笑："你一年不回家，你在外怎么解决需要的？我是个女人，需要你的时候，你在哪儿？别的什么也不说了，反正我是下定决心不和你过了，你自己考虑吧。不同意到民政局协议离婚，那咱就动用法律，我到法院去起诉离婚。"刘丽丽说完，一甩头走了。

这个年过得一塌糊涂。

这边，刘丽丽与孙猛离婚的谈判没有谈出个什么结果，那边肖飞飞与他老婆的离婚谈判更糟，女方不仅不同意离婚，还扬言说如果他执意要离，她就是死也要死在他肖飞飞的家门……没有别的好办法了，他们只好走法律程序，分别向法院提起了离婚诉讼。而法院依照双方都是第一次起诉离婚，且都是生有子女，都不具备离婚的法定条件，都做出的是驳回起诉，不准离婚的判决。无奈，他们只好按法律规定等一年后才可以再次提起离婚诉讼。

一切照旧，一切按部就班，过了年，孙猛该外出打工还是外出打工，只是打工的钱再也不交给刘丽丽了，要交也只是象征性地一个月给个一千两千的，夫妻二人已经离心离德了。

生活在继续，工作还在进行，肖飞飞装修工程的生意倒没受什么影响，倒比前几年还好了，钱也大把大把地赚起来了。肖飞飞与刘丽丽更是形影不离了，可是好景不长，正当他俩耐心地等待着二次提起离婚，和往常一样在去工地现场监理装修工程的路上，他俩竟心血来潮，忽然激情澎湃起来，两人竟把车停在了路边，便不顾一切地在车上激情起来……也许是忘了拉手刹，车子竟突然四个轮子滚动了起来，轰隆隆冲进了路边的大沟里……

从医院里醒来后，肖飞飞断了两条腿，而刘丽丽却没那么幸运，她从出事后就一直昏迷不醒，一直等孙猛三天后赶回家，都没有任何起色。在回来的路上，关于肖飞飞和刘丽丽的丑事孙猛已经听得满耳朵都是了，他到医院后的第一件事就是先看了看妻子刘丽丽，又看了看打着石膏的肖飞飞，然后拨打电话报警，"喂，110吗？我是孙猛，我现在市人民医院急救中心，我要报警，这里出现了一起蓄意谋杀案。"

没一会儿，警察就来了。

警察询问了情况，了解到案情属于情感纠纷，便很快锁定了目标，接着通过技术手段恢复了孙猛和肖飞飞的手机，调出了他们三个人之间的通话和微信聊天记录。通过聊天记录可看出肖飞飞和刘丽丽双双婚内出轨，想要离婚，却没离成，便始终保持着婚外情的关系。孙猛知道后，情感和自尊双重受创，一怒之下才打电话报警，谎称有人谋杀。警察将双方分别做了笔录，使案情尘埃落定。

案情大白后，孙猛便从医院离开了，谁也不知道他去了哪里，俩孩子也留给了两位年迈的老人，只是每个月会从不同的地方汇来一笔孩子的抚养费。

　　而刘丽丽的治疗费一直是肖飞飞在偷偷支付着，这样过去了半年多，刘丽丽还是植物人状态，最后连肖飞飞也失去信心，要放弃治疗了。

　　刘丽丽的家人找到李老师，开始打起与孙猛和肖飞飞的官司来，也不知这一场场旷日持久的官司后，刘丽丽会不会好起来……

第十六章

写着写着，乔小乔发现她手中的笔没水了，用力划拉了几下，还是写不出字来了，没等她问孙大国呢，眼前递过了一支黑色的中性笔，她抬起细长的眸子看去，是坐在对面正看着她微笑的李老师。

乔小乔脸一红，不知怎的，她的心忽然慌了一下又动了一下，"谢谢李老师。"她轻声道了句谢。

孙大国那个憨蛋没看到乔小乔和李老师的这些互动，他只顾催李老师："李老师，李老师，你快点儿讲故事呀。"

李老师开始讲葛小燕和张伟俊的故事：

葛小燕是一个服装店的女老板，还曾经是市百货大楼服装部的老员工，自从企业改制走向市场化，葛小燕所在的百货大楼转型进入了破产程序，像她这样的老员工，也不得不下岗，到市场上自谋职业。

葛小燕凭着自己懂业务人脉广的优势，下岗后很快自筹资金租赁门头，开办了一个小燕服装门市部。她下广州，跑深圳，奔苏州，上温州，到临沂批发市场，亲自调研市场，将一些现代流行的服装购进，然后再加价出售。经过了一年的打拼，她的小燕连锁店就开遍了全城，后来又发展成了小燕时代服装有限公司，然后她大胆地承包了城市里最繁华的一座商场大楼，开起了小燕时装城。

时装城的生意十分红火，生意一火，钱财自来，小燕的兜兜里揣满了票子。人手里有了钱，也就有了胆，她先是买了一辆红色的兰博基尼轿车，彰显她的个性，而后，她又换了一个一米八八个头的年轻司机，原来的司机改当了她的助理男秘。

"走，姊妹们，咱今天卡拉OK轻松一下。"这天下午，葛小燕心血来潮随手一招呼，呼啦啦跟上了她的一应亲信，前呼后拥的，俨然像个女王出行，特别有范儿。

"葛姐好，还要皇尚大包间吗？"前台的站台小姐恭恭敬敬地问。

"必须的。"葛小燕扬了扬手，领了一众随从要进包间。

"好，葛老板，一行六人，四女俩男皇尚大包间，顶级服务，拉菲苏打水，外加小青啤一箱，牛肉干、松子、果盘，舞女劲男全上。"服务小哥亮着脆生生的声音喊道。

"打开音响，荧屏，舞灯，空调，迎接葛老板一行。"女服务员亮开嗓门喊道，不大一会儿，皇尚大包间里便热闹了起来。

几个靓仔美女先来了一段劲霸热舞，欢起场来，接着葛小燕和几个随从也起身加入其中，欢跳了起来。

"来一段《青春圆舞曲》，带混合电子声的。"葛小燕的一个随从点道。

"好，《青春圆舞曲》响起来了。"一旁的女服务员边放音乐边热烈地喊道。

"飙一会儿歌，放一段《谢谢你的温柔》。"葛小燕提议道。

"好，给葛姐放一首《谢谢你的温柔》。"一旁的服务生又欢快地喊道。

荧屏上，呈现出一连串字幕和美丽的画面。

紧接着，葛小燕便清了清嗓子，随着荧屏的画面和字幕的滚动进入了演唱的角色。

"老板，老板，你的电话。"大家正玩得起劲带兴，葛小燕也正演唱得起劲，一个随从大声地喊叫着打断了她的演唱，因为音响嘈杂，也只有这样大声说话才能听到。

"什么？法院？开庭传票？离婚？"葛小燕断断续续地终于听明白了电话的内容。

电话是法院民一庭送达员打来的，通知她到法院领开庭传票和法律文书，她的丈夫张伟俊起诉了她，要求与她离婚。

"奶奶个腿，都是我离人家的主，这回他倒离起我来了，没良心的玩意儿。"葛小燕在包间里大声骂了起来。

"停，停，停，都别跳了，咱们回去。"葛小燕喊道。

于是，热闹喧嚣的 KTV 大包间的一切都戛然而止，葛小燕带着众人扬长而去。

这个叫张伟俊的男人是葛小燕的第几任丈夫了，就连她自己都说不清楚，在此之前和她搭伙过了一段的男人不计其数了。如果单凭领证来说的话，他只能算是老四吧，因为在这之前，她已经离掉三个男人了。

张伟俊是被她花重金托关系调进市电视台的，凭着他的一副好身材好模样好声音，当上了综艺节目主持人，由于他的主持风格幽默诙谐，很快便成了当红的台柱子，很受观众的喜爱，收获了粉丝无数，尤其是女粉丝。

张伟俊原本就是学影视主持的大学生，毕业后在一家婚庆演艺中心当婚庆主持人，他那雄浑而又带有磁性的男中音，一下子就吸引住了前来参加同学孩子婚宴的葛小燕。

那是三年前的一个春天，葛小燕在某单位当办公室主任的男同学儿子结婚，她随了十万元的大礼包，作为贵宾被安排在前排席面，近距离地目睹了张伟俊的主持风采。

张伟俊穿着一身藏蓝色的燕尾服，打着红色的蝴蝶领结，身材好，玉树临风，眼睛黑而亮，看一个人能看进人的心里去，尤其是他那雄浑的充满磁性的男中音，听着着实叫人心动。

"在这春天的脚步声里，我们迎来了一对新人爱情瓜熟蒂落的美丽时刻。让我们以热烈的掌声欢迎他们步入这象征美好生活开始的红地毯……"张伟俊用他那高亢嘹亮充满磁性的男中音致辞。葛小燕一下子就被这声音迷住了，接下来她都没怎么吃喝，心思全在张伟俊身上了，她记住了他的名字，并要到了他的联系电话。

葛小燕的心思在这个春天里又活跃了起来。

"伟俊哪，我是你葛姐呀。嗯，对，葛小燕。晚上有空吗？姐想约你去伯爵咖啡馆坐坐。"

"哦，是我美丽的葛姐姐呀，好哇好哇，咱们一会儿见。"张伟俊爽快地答应了葛小燕的邀请。

晚上，伯爵咖啡蒙娜丽莎包间里，葛小燕和张伟俊如约而至，简单地寒暄过后，两人竟然很快就熟络起来，俨然是一对相识多年的老朋友。

"葛姐姐，今天你真美。"张伟俊摇了摇杯中的咖啡，不知怎的，他觉得自己竟然有些醉了。

"俊儿，叫什么葛姐姐，叫姐姐，来叫姐姐，姐姐喜欢听。"葛小燕说得更是露骨，她垂涎地看着身旁的张伟俊，心里怪痒痒的，恨不得当场吃下他。

时间在朦胧的气氛中走得很慢很慢，不知不觉中，张伟俊就叫起了姐姐，姐姐姐姐，一声声的姐姐，把葛小燕叫得满心的甜蜜，她已经凑到张伟俊身边来了，身子倾了过来，好像患了无骨症一样。

　　"姐姐……"张伟俊觉得浑身燥热起来。

　　"俊儿……"葛小燕轻声呢喃地闭起了眼睛。

　　这个夜晚，葛小燕就把张伟俊带回了家，从此后，张伟俊成了她的专属"宠物"。有了这层关系，葛小燕就开始包装张伟俊，当然她能做的就是大把大把地撒钱，她先是花高价给她的俊儿买了一辆路虎，又帮她的俊儿进了当地的一个电视台。

　　当然进电视台之前，张伟俊答应了葛小燕的要求，跟她领证结婚。

　　领证的那天，张伟俊对葛小燕发誓说："姐姐，我向天发誓，我张伟俊这一辈子只爱葛小燕一人，如有二心，天打五雷轰，不得好死。"

　　"俊儿……"葛小燕把性感的嘴唇盖上去，"姐姐只要你。"

　　证领了，婚礼也要隆重举行，挑了一个良辰吉日，葛小燕和张伟俊要结婚啦。

　　葛总结婚那还了得，必须捧场啊，于是乎，来了二三百人的贺喜大军，光喜钱就收到了二百多万，这喜钱，在婚礼当夜就被葛小燕赏给了张伟俊。那一夜，张伟俊干得那个卖力呀。

　　三个月后，葛小燕兑现了她的诺言，还真的就把张伟俊给办进了地方电视台，让张伟俊当上了综艺节目试播主持人。又过了半年，张伟俊通过了试播主持，终于不负众望，通过大众评议，转成一名正式的播音节目主持人。

　　张伟俊在进步，葛小燕却还在原地醉生梦死，两个人相差十九岁的劣势，还是显露了。张伟俊已经好久不叫她姐姐了，她也觉得叫他俊儿有些绕口，两人的夫妻生活不那么和谐了。

可再不和谐也不能收到法院传票哇，葛小燕暗咬银牙，恨不得咬下张伟俊一块肉来，她去找李老师，"李哥，我的情况你是知道的。咱们都是老朋友了，以前我离婚都是你操心给办的，这次，你还得给我操心办哪。"

李老师问她："这次，你是怎么打算的？是同意离还是不同意离呀？"

"你说呢？哥。"葛小燕反问李老师。

"这要看你出于什么目的了。"李老师回道。

"我好不容易才把他搞到手的，就这么个小鲜肉，我可是给他花了大把的票子呀，我怎么也不能就这么便宜了他。"葛小燕恨恨不平地说。

"那你就先不同意离呀，先憋他一下，看看他到底有什么情况，这样，时间一长，他有可能暴露出一些对你有用的证据不是。"李老师老谋深算地支着。

"李哥，我就是气不过，他无名无势的时候贴上我，现在翅膀长硬了就想抛了我，我咽不下这口气。"葛小燕越想越生气，她的眼睛红了，"可现在我知道，他确实是看不上我了。"

"我建议你有条件地离婚，和他要部分你给他花的钱财。"李老师提议道。

"和他要一部分钱财？他娘的他有什么呀，他吃的穿的用的，房子和车都是我给他买的。"葛小燕恨恨地说。

"问题是你们结了婚，从你一结婚开始，你的所有生意的收益，可就有他的一半哪。"李老师看了一眼葛小燕，早知今日，当初结什么婚，一个愿打，一个愿挨，玩玩得了。

"唉……"葛小燕长叹一声，"我也知道夫妻关系存续期间，一方所经营的生意属共同经营，是夫妻共同财产。李哥呀，财产不是主要的，关键是能不能让他撤诉不离，我还是有些舍不得他。"

李老师点头答应，到了开庭的时间，李老师按照法律规定据理力争，一再讲述了张伟俊与葛小燕之间的感情如胶似漆，只是张伟俊个人在葛小燕的帮助下被安排到电视台当了播音主持后思想上发生了变化，只要张伟俊回想到葛小燕对他的好，珍惜夫妻之间的感情，还是很幸福的。根据法律规定，张伟俊不具备起诉离婚的条件，请求法院依法驳回张伟俊对葛小燕的离婚起诉，判决不准张伟俊与葛小燕离婚。法庭当庭采纳了李老师的意见，立刻做出了驳回起诉不准离婚的决定。

只是半年后，张伟俊再次起诉与葛小燕离婚，法院又受理了这起离婚诉讼案子，向葛小燕再次送达了法律文书。

一个月后，法庭如期开庭，法庭上张伟俊提出来要求审计小燕服装城的经营收益，按照利益平均分配的原则进行分割。

李老师作为葛小燕的律师为其代言："由于小燕服装城的固定投资不是葛小燕与张伟俊婚前的个人财产，该服装城的生意均属于葛小燕的个人经营收益，而张伟俊系电视台的正式工作人员，有其固定的工资收入，不应参与小燕服装城的经营收益分配，即便是参与分配，也应当减除属于葛小燕个人的投资成本的利息，这样一来，减除成本利息后是负数，不仅没有盈利，还亏本，每月平均亏本利息十五点一五万元，自从葛小燕和张伟俊结婚到今天，张伟俊起诉离婚的开庭时日计算下来共计一千一百九十天，每月按三十天计算，也就是说小燕服装城累计亏损达六百点五万元。按照债务平均负担的原则，那就由张伟俊承担这部分损失吧。"

张伟俊的律师提出反驳意见："被告方的说法是单方说辞，不能作为有效证据使用，应当依法由法院组织进行司法会计审计。"

这样由法院组织进行了司法会计审计，又开了第二次庭。

"通过上次开庭，已基本查清了案件事实。本案主要是针对双方的离婚问题是否构成了离婚的条件。至于双方提出的共同财产和共同债务问题，因争议较大，下面进行调解，如果调解不成可另案处理。就离婚问题，原告提出离婚，被告是否同意离婚？"主审法官问道。

"被告同意法庭意见。"李老师回答。

"原告也同意法庭意见。"张伟俊律师回答。

"下面进行法庭调解，请问原告有什么意见？"主审法官问道。

"我方要求在准予离婚的前提下，将位于××小区 A804 室房产一套和路虎越野车一辆判归原告方所有，另有被告向原告一次性支付小燕服装城利润分成一百万元，其他放弃。"张伟俊的代理律师向法庭要求道。

"我方不同意原告方的要求，房产和车辆是我方名下婚前购买，允许原告居住和使用的，该房产和车辆是被告的婚前财产，被告并没有赠予原告，因此不能参与分配。至于原告方所要求的小燕服装城利润分成一百万元，由于投资巨大，我方至今使用的是民间借贷，且利息高额，按照利率扣减，所挣利润还不够归还利息的，自原被告结婚至今在长达一千一百九十天的时间里，已经亏损六百点五万元，更不存在分配给原告利润的问题，而且应当由原告承担该部分亏损损失的一半。"李老师向法庭阐明了葛小燕的观点。

"你们双方应当从实际出发，不要狮子大开口，没边没沿的，双方应都做些让步，本着解决问题的办法拿出比较靠谱的方案来。"主审法官进一步做工作道。

"这样吧，我方做一下让步，放弃一百万元的利润分成，只要求把上述房产和车辆判归我方即可。"张伟俊的律师在和张伟俊商议后答复道。

"我方也做一下让步，只给原告方一辆路虎车，收回所允许居住的房屋，放弃让对方承担小燕服装城亏损的损失份额。"葛小燕做出最后的让步。

"我看你们双方都有了解决问题的诚意，双方争议的焦点只落在了一套房产上，要不这样，原告交回房产，由被告支付给原告二十万元的经济补偿，或者是由原告支付给被告二十万元后将该房产过户给原告，其他就按照你们双方的意见办，你们可否同意？"主审法官再次进行调解道。

"我们选择要房产，给付被告方二十万元。"张伟俊表态。

"我方不同意，我方同意要回房产，给付原告方二十万元的经济补偿。"葛小燕表态。

主审法官建议休庭五分钟，让双方冷静考虑，五分钟后，法庭继续开庭。

"我们同意放弃房产，要求被告方一次性支付给原告二十万元的经济补偿，并将路虎车辆过户到原告名下，双方离婚，放弃其他财产。"张伟俊通过慎重考虑，最终做出了明智的选择。

"我方同意原告方的上述要求，同意离婚，同意将路虎车过户给原告方，并同意给付原告方一次性经济补偿金二十万元，放弃其他要求。"葛小燕坐在那里，如果眼睛是箭，早已经把张伟俊万箭攒心了。

就这样，葛小燕和张伟俊最终达成了一致意见，法庭根据上述意见做出了最终离婚调解书。

孙大国听完葛小燕和张伟俊的故事，只感觉很是唏嘘，唉，有钱人也有有钱人的苦恼哇，还是他这样的人好，没钱没貌没背景的，也不怕惹上这些风流韵事，关键那些美人也看不上他呀。

乔小乔倒没有别的想法，也可能这两天听李老师讲这样的故事讲得多了，从这些故事里，她看到了太多的人性险恶。

第十七章

李老师请乔小乔和孙大国继续喝茶，两人一边喝着茶，一边继续听李老师讲故事，这个李老师可真是会讲故事呀，咋有那么多的素材呢。孙大国有些崇拜地看了一眼李大律师。

这回故事的主人公是万成玉和魏久厚。

万成玉是一位来自偏僻大山里的农村留守妇女，今年三十九岁，育有一儿两女，她的男人叫魏久厚，常年在外打工，干的是砖瓦窑的活路，很是辛苦，挣的是辛苦钱，一年五六万元的收入打回家，供她和孩子生活用，还是足够花的，但由于孩子多，一年到头也攒不下几个钱。

万成玉在家除了带孩子，就是上山坡打猪草喂猪、种他们家的几亩责任田，一天从早到晚忙到黑，没个空闲。

在这大山深处的农村，年轻的壮劳力和中年妇女也都外出打工挣钱去了，除了看个电视，更别说是有个聚会娱乐什么的了，平时就连个说话唠嗑的人都没有，精神很是空虚，尤其是正当女人如狼似虎的年龄，更是让万成玉感觉到生活就像山里飘浮的白雾那样没滋没味。

一天，万成玉干完了地里的农活刚要拿起草筐往家走，就被迎面走来的一个叫魏太良的本家叔公撞了个满怀。

"你咋走路这么不小心，净往人家怀里撞啊？"魏太良被她撞了个仰八叉，头被路边的一块大石头撞破了，鲜血直流，他从地上爬起来，一摸头上的血，便不由分说地找万成玉的不是。

"哦，对不起，对不起，我光急着往家赶路了，起猛了，没有看见叔公走来呢，所以不小心撞到了叔公啊，请原谅。"万成玉赶忙解释赔礼并伸手把跌倒在地的叔公拉起来说。

"哦，也不怪你，侄媳妇哇，你一个人在家也挺不容易的，往后有什么干不过来的活儿叫叔公帮你做就好了。"魏太良被侄媳妇从地上搀扶起来，十分通情达理地说。

"叔公，你的头破了，我给你包扎一下吧。"万成玉见叔公的头皮冒着血很是过意不去。

"不碍事的，没什么大碍。"魏太良摸了一下头，摸了满手的血，头也隐隐作疼。

"那怎么行啊，不及时包扎会受风的。"万成玉说着便扯下自己的白内衣，"哧啦"一声，便把内衣撕成了布条，给叔公包在了头上……

这一包一扎一互动的，竟让万成玉的心思动了又动，从那以后，他们两个都对彼此有了些好感，感觉比别人更亲近了一些。

"叔公啊，上坡去呀。"万成玉见了魏太良就亲热地打招呼，她这个叫魏太良的叔公在村里开了一家小酒坊，他也好喝酒，身上常年有股酒精兑水的味道。

"哎，久厚来信了吗？"魏太良也关切地问道。

"前几天还给我打了个电话。"万成玉看了一眼叔公说。

"他光顾着在外挣钱了，一去就是一年，把你们娘几个撂下可怪放心，没事儿，家里有事就找叔公，叔公能帮上忙的绝不推辞。"魏太良宽慰侄媳妇。

"叔公啊，还真有个事需要麻烦您呢，下个月初我爹过生辰，我想送他一罐酒，麻烦叔公帮我留罐度数高的好一点儿的，抽空我就去拿。"万成玉说。

"哦，哦，那行啊，那你今晚上来吧，我在酒坊里等你。"魏太良说完就走了。

万成玉站在那里看着叔公的背影，看了很久，她从叔公的眼里看出了些别的内容，可那内容到底是什么？她又不敢往深处去想。

别看万成玉已是生过三个孩子的母亲了，可才三十八岁，正是最风韵丰满的时候，恰如熟透的果实一般醇香诱人。魏太良的心里眼里，早已经刻下了她的影子了，那影子无时无刻不在撩拨着他的心，让他忍不住蠢蠢欲动。

魏太良本身就是个色胆包天的人，他仗着自己有几个钱，并不把什么道德伦理放在眼里，村子里大多男人外出打工不在家，女人们大都闲着寂寞，出个轨挣俩钱花，都滋润不是，这事就讲究个愿意嘛，周瑜打黄盖，一个愿打一个愿挨，实在有那些脾气拗的，不好拿捏的，那就多花点钱嘛，嘿嘿，就没有他弄不到手的女人，这个万成玉也肯定跑不出他的手心。

这边魏太良花花肠子花花绕的时候，那边万成玉在家里正收拾自己，下午的时候，她还在家里偷偷洗了个澡，把自己全身上下搓了个干净，等出门的时候，还喷了几下花露水，山村的夜寂静无声，万成玉安顿好孩子，悄无声息地出了自己家的门，夜风微凉，她把身上的衣服拽紧了些。

山村的夜黑得早也黑得彻底，偶尔有几声狗叫，倒衬得整个山村更寂静了，酒坊里的灯还亮着，小酒坊里的门在黑夜中像一个张着大嘴的妖怪，随时等着吞噬人。

万成玉向屋里探了探了头，昏暗的灯光下，叔公魏太良一个人在那里坐着，好像是姜太公钓鱼一样，他稳稳地坐在那里翻看着酒坊里的老账本，眼睛却时不时地瞟向门外去，他听到万成玉向这边走来了，他瞥到万成玉向酒坊里伸头了，他没抬头，他终于听到万成玉犹疑着伸出小手轻叩屋门的声音了。

"笃笃。"万成玉敲了敲门，"叔公，我来了，顺便给您带了一条烟孝敬您。"万成玉身子一闪就进了屋，把带来的一条烟放到魏太良旁边的桌子上。

"嘿，就这点小事，你还给叔公带烟来，见外了不是，你快拿回去。"魏太良站起身来，顺手关上了屋门。

"叔公，以后我家少不得经常麻烦您关照，这是应该孝敬您的，您就收下吧，我，我，来，拿，拿酒。唔，叔……唔唔……"万成玉突然说不出话来了，因为她的嘴被叔公魏太良的大嘴堵住了。

"嗯，嗯，嗯哦……"魏太良的喉咙里发出叽里咕噜的怪响。

然后小酒坊里突然停了电，黑暗中万成玉低低叫了一声，她的声音也颤抖着，好久没有这么近距离地触碰到男人了，她的心一下子被撩起来了，"叔公，我……唔……唔。"

黑暗中，魏太良紧紧地抱住了侄媳妇，"小玉，现在不要叫我叔公，叫我阿良，叫阿良……"

黑暗中，万成玉的眼睛亮亮的把叔公的心一下子点燃了，他由着自己的性子把她压倒在桌角上。

"成玉，叔喜欢你很久了，叔知道你干守着难熬，让叔帮帮你吧……"魏太良壮如牛犊，万成玉虽然叫他叔公，其实他比魏久厚大不了几岁，魏久厚按辈分喊他小叔。

这一夜，小酒坊里的电一直没来，黑暗里魏太良办完了事，扶着万成玉出了酒坊，他把她送到了家门口，他贴着她的耳边说着让她脸红心跳的情话，这个夜晚，万成玉破天荒睡了一个香甜的好觉。

男女之间的那点儿事，一旦突破了那条底线，也就没有了什么可遮掩的了。从此以后，魏太良和万成玉这一对相差辈分的男女就像干柴遇烈火一样，没有了顾忌。

要想人不知，除非己莫为。这世上就没有不透风的墙。就在他们白天黑夜无所顾忌寻欢作乐的时候，有一双同样贪婪色迷心窍的眼睛也早已在旮旯里盯上了他们。

"久厚家的，你过得挺快乐呀。"一天傍晚，万成玉打了一筐猪草从山上往家赶，走到半道上，她突然被迎面而来的本家叔公魏太明给拦在了路上，别看魏太明已经五十多岁了，身体却十分强壮，他堵在那里好像一堵墙。

"哦，是明叔公啊，有事吗？"万成玉看到色眯眯的魏太明拿一双贼眼乌溜溜地看着她，看得她心里发毛，她惊悸地问。

"哦，没事，就是想找你说说话，排遣个寂寞。"魏太明酸不溜丢地说道。

"哦，明叔公找错了人了，我可是晚辈呢。"万成玉委婉地推拒着，一边说着一边想从一旁越过去。

"别在明叔公面前装啦，你和太良的那些事儿我早就知道了，给你说句实在话吧，你们的风流快活，我都给你们拍下来了，看，有好几张呢。"魏太明说着从衣袋里掏出了手机，手机里果然有几张她和魏太良颠鸾倒凤的照片。

"啊？你，你，你想怎样？"万成玉吓得脸都白了。

"其实这也好说。"魏太明瞪着三角眼，色眯眯地望着万成玉说，"只要你答应我一个条件，我就不会把你们的事情说出去的。"

"什么条件？"万成玉问。

"我也想和你睡觉。"魏太明伸手摸了一把万成玉，"不就是那点儿事吗？反正久厚他也常年不在家，你睡一个也是睡，睡两个也是睡，也不少什么，你只要依了我，我就保守你的秘密，还帮你干地里的庄稼活，这以后你让我干啥我就干啥，我听你的话，做你最听话的小狗。"

魏太明说着就向万成玉伸出嘴巴来，见万成玉没有躲避，一下子就把她的嘴唇给含住了，他拉着她走进了旁边的小树林。

这以后，万成玉这个留守妇女可真的是不再空寂了，她游离在两个叔公之间，几乎是夜夜笙歌，两个叔公竟也好像商量好了一样，一个一三五，一个二四六，绝对没有交集互掐的时候。

万成玉在自己满足的时候，也学会了利用自身优势，不时朝两个叔公要钱，要吃的喝的穿的，两个叔公拿钱也乐得屁颠屁颠的，一时三个人相互利用相互满足，竟然空前团结起来了呢。

而吃到了甜柿子的万成玉被俩叔公挟制后逐渐长了心眼，变得会利用一切武器强势反制起来，她把两个叔公玩弄于股掌之中，她的小日子过得快快活活的，可正当这一女两男三个人的交易顺风顺水的时候，又有一双淫邪的眼睛盯准了他们。

这个人正是回村给父母上坟的魏太辉，按辈分他也是万成玉的一个本家叔公，只不过才三十四岁，比万成玉还小了四岁，人长得很帅气，只因父母早死家里穷，自己从十六七岁时就在深圳打工，这些年有过女人，却没结婚，时间一长就把自己的婚事耽搁了。这一段时间，他回村给父母上坟，在家小住了几天，竟发现了万成玉魏太良魏太明三个人不正当的男女关系。

这事情有点儿意思呀，魏太辉也不急着走了，他学做克格勃，跟踪追查，追查到最后，他也想尝尝万成玉的滋味了。

"侄媳妇，你们好爽快呀。"这天傍晚，魏太辉突然窜到万成玉的家里，阴阳怪气地说。

"咦，小叔公，你还没回去吗？你不是在深圳打工的吗？回来这么久不回去，工厂愿意吗？别让工厂开了你呀。"万成玉对魏太辉很喜欢，他人长得好，又见过外面的大世面，听说就是打工也是做的带班的车间主任，比起魏久厚那个死下力的强一万倍。

"本来我要回去的，可我现在不急着走了，我有更重要的事做。"魏太辉近距离地看万成玉，果然是颗诱人的水蜜桃儿，真不知吃到嘴里是个什么味儿。"小叔公觉得别看你在这大山套里，可是过得一点儿也不寂寞，就只是歇个星期日呀。"

万成玉一听魏太辉的话，就知道她和那俩叔公的事，这个小叔公已经知道了，她脸红一阵白一阵的，一时竟不知说啥好。

难道？难道……

魏太辉很快也拜倒在万成玉的石榴裙下了，牡丹花下死，做鬼也风流，魏太辉比那俩叔公讨万成玉的喜欢。

人人都说这年龄是个宝，可不是嘛，正值年轻力壮的魏太辉的确是让万成玉感受到了不一样的激情，她竟完完全全地被这个小她几岁的小叔公给征服了。

才过了几天，万成玉就不管不顾了，为了和魏太辉长期在一起过日子，她把孩子们都送去学校寄读，她跟着魏太辉坐车直奔深圳……

万成玉这一走，可苦了她的三个在上学的孩子，没人管没人问了，孩子们便把家里的情况打电话告诉了他们的爸爸魏久厚，魏久厚听到孩子们的哭诉，便如同五雷轰顶，真是又气又急，他连夜坐上火车往老家赶。

两天后，他魏久厚终于返回了家，村里好事的人你一嘴我一舌地把万成玉的事情说了个完全。

魏久厚咽不下这口气，老实人的脾气更叫脾气，上来脾气的魏久厚以喝酒的名义，把他的两个叔公魏太良魏太明分别约到了自己家里，灌醉了酒后，用大锤把他俩锤杀后挖坑埋在了后山的树林子里，然后他才坐上了开往深圳的火车……只是还没等到他找到婆娘和拐跑他婆娘的叔公时，就被公安刑警给逮住了。

不久，魏久厚因故意杀人，被判处死刑，立即执行。

…………

说完了这桩人间悲剧，我们再来说一个留守女和瘸子因偷情私会而引发的惨剧：

正是二月雪化春草发芽的时候，作为煤矿外协工的肖长明和其他外协的七十多名工人一样，被单位安排到远在四五千公里外的新疆喀什一个矿上上班。

单位派出了豪华客车，路途之遥，需五十多个小时才能够到达，随行的还有雇用的一辆为这些工人装载行李食物设备的高栏护栏车，这辆高栏车的司机叫孟自立，是一个腿瘸的残疾人，一路上倒是很尽职尽责，人也和气，很有人缘。

车在快到新疆喀什的一个河边停留，矿工们便都下车到河边去玩耍休息。河里的石头五颜六色，有一块大石头特别好看，充满艺术气息，肖长明是个奇石迷，爱好收藏各种奇石，他感到眼前这块大石头很有收藏价值，他便让大家帮忙齐心协力抬到了车上。

肖长明找到孟自立说："老弟，还得麻烦你把这块大石头顺便给我拉回老家，到老家后你送去这个地址，这样我给你八百块钱的捎脚运费，我先付给你四百元，剩下的四百元等你运到了我家，我让我老婆付给你。"

孟自立看了看那块大石头，又看了看肖长明，先是摇了摇头，又点了点头，其实也是捎脚的活，可那块石头也太大了，最后两个人以运费一千元的价格商定了下来。

一周后，孟自立按照肖长明给他的地址和电话，把这个奇石给他送到了家。

"喂，你是高翠翠吗？受你丈夫肖长明所托，从新疆喀什捎来了一块大石头。"孟自立通过电话联系上了高翠翠，"这个石头太重了，你先找几个人来帮忙才行。"

高翠翠接了电话，果然就出门找了几个人来，肖长明也在电话里与她说了，等把石头卸下车来，她要付人家孟自立剩余的运费五百块钱。

呀，这块大石头可真不小，高翠翠加上孟自立加上找来的四个帮忙的人，费了九牛二虎之力，又用绳索又用杠子的，才终于把这个大家伙抬进了院子里，呵，蹲在院子里可真是威武。

来帮忙的人喝了一口水后都走了，街坊邻居的谁都有个需要帮忙的时候，高翠翠送几个人走后，重新给孟自立冲了杯新茶，是家里上好的铁观音。

别说，因为肖长明喜欢收藏石头，他家里院子里房子里库房里石头可真不少，孟自立这边看看那边看看，嘴里啧啧不已，他对高翠翠说："你们家石头可真不少，可见肖区长是真的喜欢石头哇，"

"他净鼓捣这些玩意儿，真拿他没办法。见了奇石就像见了他的亲爹娘一样亲。"高翠翠嗔怪地说。

"不过，这也是个爱好，挺高雅的。"孟自立又夸赞道。

"什么高雅不高雅的，不就是些石头吗？既不能吃，又不能喝，还得花钱去买去运，有什么用啊。"高翠翠低低埋怨了几句，家里放着的这些石头，如果换成钱就好了。

"你可不知道这石头的价值，上好的石头，可是老值钱的了，你也别说，哪天赶上个喜欢的，你们家就发财了。"孟自立说。

"看来你很懂得石头哇，说说看，你运来的这块大石头能值多少钱啊？"高翠翠一脸揶揄地问。

"就说这块大石头，少说也得值个上万元吧，如果碰上个好要家，三万五万的他也会给的。"孟自立围着他运回来的大石头转了两圈。

"那敢情好。"高翠翠听孟自立这样说，心里的埋怨也少了些，她进里屋里拿出五百块钱运费来，递给孟自立，孟自立也没推辞就收了，收了钱，他并没有走，而是坐在院子里与高翠翠继续说起了话。

别看孟自立瘸腿，但他走南闯北的见识可不少，他这边越说越能说，倒把个高翠翠唬得一愣一愣的，高翠翠崇拜地看着他，把他男人的雄心壮志给激发了出来。

高翠翠和孟自立两人越聊越投机，不觉天色已晚，孟自立拍了拍口袋对高翠翠说："走，妹子，哥请你吃饭去，放心，哥有钱，难得咱俩今儿拉得这么投缘。"

高翠翠眼睛都亮了，自从肖长明走后，她一个人可是怪孤单的，她与肖长明结婚也有十来年了，却一直不曾有孩子，办法想了个万千，就是没能怀孕，要是有个孩子在跟前，这日子兴许也没这样难熬吧。

孟自立带着高翠翠吃完饭后又去逛了商场，很大气地给她买了两件衣服，还给她花了小三百买了一块女士手表，可把高翠翠高兴坏了，一路上咯咯地笑个不停。

孟自立把高翠翠送回家时，夜已经深了，看着外面的夜色，孟自立有了别样的心思，他抓住高翠翠的手，大胆地亲了她抱了她也摸了她，高翠翠不让他走了，孟自立在高翠翠家里留宿了。

天还蒙蒙亮的时候，高翠翠催促孟自立趁天早赶紧离开，别让外人给瞧见喽，外人要是传个闲言碎语的好说不好听。

孟自立贪恋温柔乡，拖拖拉拉地不想走，"翠翠，我看到你的第一眼，就喜欢上你了，你不要赶我走，咱俩以后就这样好吧，肖长明不在家的时候，我就来陪你，好不好？看，哥有钱。"孟自立掏出一沓钱来往高翠翠里怀里塞。

"孟哥。"高翠翠接过钱来，感动地一把把孟自立抱住了，"孟哥，你比他厉害多了，我，我也是喜欢你的，你不知道，结婚这十多年，我从来没有像现在这样满足过……"

孟自立和高翠翠就这样好上了，只要不出车，隔三岔五的两人就聚上一聚，吃吃喝喝睡睡，好不快活。

渐渐地孟自立有些不满足了，他想长期光明正大地同高翠翠在一起，再也不偷偷摸摸的了，于是他就怂恿高翠翠跟肖长明离婚。

高翠翠随着与孟自立的感情日渐加深，也舍不得放下，也想长长久久地与孟自立在一起，可真要她和肖长明离婚，她还些下不了决心，毕竟十多年的婚姻生活，也有感情在里面，这个家她付出了很多，再说肖长明对她一向十分宽松和疼爱，家里大大小小的事情全听她的，他挣的钱都上交给她，她怎么花他都不问，这样的男人也不多呀。

孟自立见高翠翠迟迟不下决心，心里就有些急，"翠翠呀，亲爱的，把他挣的钱拿出来，我再添上一半，咱在矿区小镇上买一套属于咱俩自己的房子吧，日后，咱俩就在那里住，你这里我每次来都有压力，碰见个邻居什么的，还会吓我半天，有了咱们自己的房子，我就把它当作咱俩的婚房，天天在婚房里好好侍候你。"

高翠翠一向受不了孟自立的甜言蜜语，"嗯，好，那我出十万，你出十万，咱俩就买下小镇上的一套房，平时咱就去那里聚……"高翠翠的话还没说完，孟自立就贴了上来……

三天后，高翠翠就把肖长明平时打给她的工资卡上的十万元，提了现交给了孟自立，孟自立也按照约定，从自己的银行卡上提取了十万块钱，他们二人便从售楼处支付了首付款，并立刻拿到了房门钥匙。他们二人又凑了一笔钱找来了装修队，很快就把个一百三十平方米的房子给装修好了，为了尽快入住他们的新房，他们又很快凑钱购置了一应家具家电厨卫设备等，还没等室内的甲醛跑散，两人便急不可耐地入住了进去。

为了稳住高翠翠，孟自立更卖力了，住进婚房没一个月，高翠翠竟然怀孕了，这下可把高翠翠高兴得疯了，结婚十年了，她为自己的肚子不知偷偷流过多少泪，吃过多少偏方中药，可肚子就是不争气，现在好了，竟然也是能生的呀，这都是孟自立的功劳。

高翠翠对这一胎孩子上了心，她与孟自立商量好了，为了他们的孩子，她要与肖长明离婚。于是，高翠翠便一纸离婚起诉状递到了法院，没过多久，法院便向肖长明送达了起诉书和下达了开庭传票。

远在新疆喀什的肖长明还不知哪里出了问题，这十多年，他可从来没有与高翠翠红过脸吵过架，他挣的钱除了爱好点儿石头外，其他的全都上交了呀。

肖长明赶回家了解情况，一回来就听邻居们说了，说自从他家捎回来那个大石头后，他媳妇就有人了，那个人是个瘸子，肖长明不用细想，就知道，那个人一定就是孟自立，除了他还能有谁。肖长明那个悔呀，早知道捎块石头会把自己的老婆搭进去，他捎那块石头干吗呀？

可不管肖长明怎么后悔，高翠翠这婚是离定了，不离也不行啊，那肚子不等人。

肖长明后来与高翠翠好好地谈了一次，谈过以后，肖长明就红了眼，他知道高翠翠怀孕了，是孟自立的种，他恨得直咬牙，他努力了那么久都没有结果的地，让孟自立一耕就有了结果，他的肺都要气炸了。

肖长明咽不下这口气，他坚决不离婚，还请求法庭多做和好工作。由于原告是第一次起诉离婚，不具备离婚的条件，法庭预做出了不准他们离婚的判决，这时高翠翠不得已拿出了医院的检查报告单来，她说只要肖长明认下这个孩子，并抚养这个孩子长大，她就不离婚了。

肖长明能认下这个孩子吗？这无异于给他的心插上一把刀哇，肖长明气得血脉偾张，就在这次法庭调解后的第七天下午，气愤不过的肖长明动了杀机。

肖长明提了把刀，找到了高翠翠和孟自立的新房，孟自立出车了，房子里只有高翠翠，高翠翠的肚子已经有些圆了，两人话不投机，肖长明一激动砍了高翠翠，人倒是救回来了，可是孩子却没了，而没了孩子的高翠翠彻底疯了，肖长明也被判了长刑……

李老师讲的这两个故事让乔小乔有些难堪，好难堪哪，还当着那个孙憨蛋的面。

孙大国简直听呆了，俺娘嘞，李老师还会讲这样热闹的故事呀，只不过，真心有些听不下去呀，怎么回事？

李老师淡淡一笑，这才哪儿到哪儿啊，漫长人生路中，什么样的事都有。

第十八章

李老师也不管乔小乔和孙大国听得难不难堪，他讲的故事都来源于生活，都是这些年他接手过的案子或者是他听同行办过的案子。

行吧，接下来接着讲，来讲郭一忠和郎莉莉的故事。

李老师说，时下是网络的时代。随着电子科技的发展，人类已经进入了 5G 信息高速发展的时代。人们无时不在用电脑上网，用手机上网，看视频、打游戏、聊天、网购、交友、支付。上网，已经成为人们的一种生活习惯。

这回说说两位女性借助网络搞婚恋的悲剧故事，以期引起人们的警惕，以免重蹈她们的覆辙。

正是初夏蜂飞蝶舞的时节，李老师的办公室里闯进了一个愣头小伙子，他一脸的愁容，向李老师讲述了他和他媳妇的故事。

"我有个难以启齿的事情，想请您帮我出出主意，您看我是报案呢，还是直接起诉她离婚？"他叫郭一忠，此时正半遮半掩地站在李老师的办公室里。

"你到底有什么事情，不妨直说。只有你把事情说明白了，我才好给你出主意想办法解决呀。"李老师看着郭一忠说。

"唉，让我怎么说呢，真是丢死人啦，我怕讲出来惹人笑话。"他长长地叹了口气说道。

"你到我这里来就像进了诊所看病一样，没什么可丢人的，你尽管如实陈述就是了，不存在谁笑话谁的事。"李老师安慰他说。

郭一忠是东乡山区里的一个农村小青年，今年不到三十岁，常年在外打工，两年前娶了个媳妇，如今刚刚生下儿子，才过了满月他媳妇就在网上和一个网名叫"小蜜蜂"的男人搞上了网恋。

因为与这个男人开房私会搞婚外恋，被这个男人搞得大出血，而这个男人竟将她送到市中医院连门诊挂号也没给办就跑了……

李老师问明了郭一忠的媳妇是何时在何宾馆开房出事的情况，便对郭一忠说："你应该立刻到公安机关报案，我给你写个报案材料，你马上去市中派出所交上。"

"李律师，公安机关不管啊，人家不收我的材料。"郭一忠苦艾艾地说道。

"为什么？他们说啥啦？"李老师追问。

"他们嫌我报案晚了，都过去半个月了才来报案，让我找律师向法院起诉打官司。"郭一忠低下了头。

"哦，按照治安处罚，公安机关也该管，按照旅馆业管理规定，公安机关更应该管，应该追查这家宾馆的违规入住行为，他们这是嫌麻烦而你也确实是报晚了案，应当在出事时立刻去公安机关报案。

"但，你不知道男方的真实姓名和详细住址，你媳妇的手机上有通话和微信聊天记录，宾馆也有他们开房的摄像头录像记录，这个都得靠公安机关去调查落实，否则律师很难取证。"

听李老师这么一说，郭一忠一脸苦闷地问："那听你这么一说，我的事这是没法办啦？"

"你媳妇搞网恋，偷情，竟连那个野男人的名字电话家庭住址都不知道，还敢跟他开房发生关系这是不是傻……你还好意思给她跑这跑那的，还不和她离婚？"这时李老师办公室里一个同样来咨询案件的男人忍不住对郭一忠说了几句。

郭一忠一开始进来时没看到李老师的办公室里还有别人，这会儿一听这话，脸上就有些挂不住了，"唉，我们那个地方怪闭塞的，找个媳妇很难哪，还不是怕离了婚不好再找嘛。想想也是怪气人的，我也咽不下这口气，可我的父母不让我离呀，说破墙缀起来是好墙。"

"你干什么工作？有什么特长？一个月能挣多少钱？"李老师问郭一忠。

"我会开车，开数控机床，还是二级电焊工，一个月收入七八千元。"郭一忠回答。

旁边那个男人又忍不住说："你看看，你就是一个技术全才呀。你有这么好的手艺，会这么多的技术，又都是能挣钱的好行当，大丈夫何患无妻呀。"

李老师让那个男人快别说了，自己的事还没整明白呢，倒操心起别人的事来了，那个男人讪讪地闭了嘴。

郭一忠想了想，也是这么个理儿，自己能挣钱，凭什么受这样的鸟气，不行，回家跟父母说一声去，坚决要离婚，想到这儿，他站起身来，头也不回地走了。

郭一忠的媳妇叫郎莉莉，比郭一忠大一岁，三十一岁，属狗的，人长得还算漂亮，虽然只有小学文化，但是脑袋瓜却很活泛，甚是聪明，也是个耐不住寂寞和撩拨的主。

那是一个难熬的夜晚，她的丈夫出门打工去了，她刚刚生下了孩子，还没有满月，她哄孩子吃奶睡下，便觉得无聊，就走到电脑桌前打开了电脑上的 QQ 聊天，突然，电脑上一个嘀嘀叫的信息吸引了她，她便加上对方，开始网聊了起来。

"亲，在吗？我是人见人爱的小蜜蜂。"随着一声嘀嘀电脑上出现了一串诱人的话语。

"嘿嘿，小蜜蜂？还人见人爱的？你有多让人爱呀？"郎莉莉好奇而又挑逗地打出了一串文字。

"呵呵，你终于上线了。我点你好几次了，你我没有见面，见了面你就会喜欢上我。"对方大言不惭，很是自信地说道。

"见过不要脸的，没有见过像你这样自吹自擂的。露出你的真容，看看你这小蜜蜂有多可爱呀？"郎莉莉又不自主地发出了一串挑逗的话。

"自吹自擂，那是要有本钱和底气的，只有信心满满的人才敢这样说话。看这是我的头像潇洒不？迷人不？有气质不？是个魅力无穷的男子汉不？"对方截屏了一幅近似电影明星的魅人剪影上传了过来。

"这是你吗，我怎么看着这么面熟呢？是不是你用了哪个男明星的照片？"郎莉莉疑惑地问。

"的确，我和那个饰演许文强的演员黄某明长得差不多，你真好眼力，看来你很喜欢黄某明演的许文强啊。"对方打字又快又急。

"哦，你真的长得像黄某明哥哥吗？他演的许文强真的好棒哦。那是女人们追捧的男神。"

"我就是你的男神。怎么样？咱们见个面？么么哒。"

"小蜜蜂你是哪里的？你叫什么名字住在哪里？咱们离得远吗？"

"怎么还查户口哇，我是小蜜蜂啊，是煤矿单位的一名工人，就住在南山花园宿舍，看看咱们离得近不，近就出来约个会呀，我喜欢采花蜜呀。"

"哦，咱们离得不远，你是怎么加上我的？"

"我是通过手机摇一摇，摇上的你，你的网名茉莉花吸引了我，正好我是小蜜蜂，小蜜蜂就想采你这朵茉莉花。"

"哈哈，我是茉莉花，你是小蜜蜂，有意思，我们还真是有缘分。"

"这就叫作缘分天注定，有缘千里来相会，无缘对面不相识。哎，茉莉花你多大了？"

"小姐姐芳华三十又一，你呢？"

"小哥哥年方三十又三，呵呵，比你大两岁呢。"

"……是我比你大，大一圈呢。"郎莉莉打出这些字后，脸红成一块大红布。

"…………"

对面没有回复，看来他是没听出来呀，没等郎莉莉再打字呢，床上的婴儿醒了，哇哇地哭了起来，郎莉莉赶紧下了线，先奶孩子。

孩子吃了奶后，又睡着了，放下儿子，郎莉莉又上了线，嘀嘀，嘀嘀，那只小蜜蜂发来了好几条消息。

原来小蜜蜂也懂得呀。郎莉莉咧开嘴角，笑了。

没出三天，郎莉莉就同小蜜蜂聊熟了，聊着聊着，两人就聊起了荤话来，反正隔着屏幕，谁也不认识谁，聊呗。

越聊越有些入了心了，小蜜蜂是真会体贴宽慰人哪，郎莉莉如同初恋的少女一样掉进了他甜言蜜语织就的情网中，不能自拔。两人互相发了各自的照片，又相互开始视频。

小蜜蜂心痒难耐，郎莉莉也心动不已，两人像是热恋中的男女朋友，商量着去哪里开荤。商量来商量去，就去市里的酒店吧，那里相对来说更安全。

孩子才满月了不久，她让婆婆来照看小婴儿，自己收拾打扮了一下就出了门，自从怀孕后，她已经好久不上街了，自从月份大了后，她也已经好久没做那个了，一来郭一忠在外面打工不在家，二来就是回来，也怕伤着孩子，这次生了孩子后，月子里郭一忠也只是摸一摸了事，她忍得有些辛苦哇。

一个小时后，小蜜蜂和郎莉莉如约而至，他们在浪漫情调的蓝色港湾大酒店开了钟点房。

豪华的套房，宽大的席梦思双人床，柔软的沙发，还有高档的双人浴池，一看就是为情人而准备的高级客房。

小蜜蜂打开了室灯，灯光十分柔和，他又直奔浴池，拧开了水龙头，将池子里放满了温度适中的热水，然后他给自己和郎莉莉各倒上了一杯红酒，然后又熊抱着郎莉莉的腰，一起举杯喝了一杯交杯酒。

"亲爱的茉莉花，今天你是最美丽的新娘，让我这个勤劳可爱的小蜜蜂做一回你的新郎吧。来，让我们举起杯，将这杯甘醇的红酒干掉，让浓烈的芬芳滋润我们沐浴爱河。"小蜜蜂很绅士地在郎莉莉的唇上深深地亲吻了一下。

郎莉莉已经被小蜜蜂伟岸的身姿征服了，她现在不管哺乳期能不能喝酒了，这会儿她已经把她的孩子和郭一忠都抛到脑后去了，她喝完红酒后，与小蜜蜂抱在了一起。

他们相拥着，亲吻着，爱抚着，慢慢地移动到浴池旁，他们在琥珀色的浴池中相互爱抚洗浴了一番，便走出了浴池，走向了那张洁白如玉的席梦思双人床……

"啊。"随着郎莉莉的一声尖叫，郎莉莉发出了凄厉而又痛苦的尖叫声，随着她的尖叫，她的私处开始大出血。

小蜜蜂这会儿给吓蒙了，他不敢打120急救电话，只好先给郎莉莉胡乱穿好衣服，抱到楼下叫了一辆车，把郎莉莉送到了中心医院，他把流血不止的郎莉莉抱到医院急救中心走廊的连椅上，也没有给她办挂号，更不敢留下来陪着，他抽了一个空隙，人就偷偷溜走了。

郎莉莉被送进了抢救室，医生从她手机上找到了郭一忠的名字，这才给郭一忠打了电话……

这边郭一忠回家后与他的父母一番商议，最终做出了与郎莉莉离婚的决定，他们实在接受不了这种侮辱，在郎莉莉哺乳期满一周年之时，郭一忠向法院提起了离婚诉讼。

郎莉莉被虚幻的网恋遮蔽了双眼而失去曾经幸福美满的家庭，又因为不知道小蜜蜂的具体身份信息，而白白受了欺负，受了罪还花了钱，还真是应了那句话：哑巴吃黄连，有苦说不出。

下面这个叫迟郁芳的女人也是因为网恋的事，而遭遇被骗：

迟郁芳，人同她的名字一样，长得很是漂亮，高挑个子大长腿，前凸后翘的，身体很有料。她今年芳龄二十八，属马的，用她娘的话说，她生下来就是个跑腿子料，马有四蹄，信马由缰。她是大专毕业生，学的是旅游专业，毕业后在一家私人开办的旅游公司做导游，常常带团到新马泰，有时候也带团到韩国、日本。

由于职业的原因，她有一台手提计算机，这是她的工作必备，随身携带，闲暇之余，总忘不了上网聊聊天，购购物，消遣一番。

她婚后生了一个女儿，她的丈夫叫高光明，是她的大学同学，毕业后他自谋职业自己开一个小的信息咨询公司，一年到头却总也挣不了几个大钱。

因为高光明不能给她想要的生活，因而惹得她对他十分不满。她内心是个贪慕虚荣的女人，一心向往着能攀上一个高富帅的白马王子就好了。

为了寻找自己心中的白马王子，迟郁芳花钱加盟了一个婚恋交友网，无独有偶，网上一个叫"火狐狸"的头像和信息吸引了她，他的信息写的是何等的诱人："我，身高一米八八，爱健身，是个富二代，家住江西赣南，有工厂，资产千万，虽然离过一次婚，有过一个儿子，但被她带走了，我们之间是因为性格不合分手的，她是个富家女，只是太强势了，我希望我的下一段婚姻是和谐幸福美满的，我不图她的家庭背景和经济条件，我只图她人品好，温柔贤良，善解人意，你是我心中的那个女神吗？我翘首期待着与你的相识相知相偎。"

迟郁芳立刻点击联系了他，"看了你的信息，我怦然心动，我也是个有事业的女人，是一家旅游公司的导游，我温柔善良贤惠，具备居家过日子女人的优良品质，只是我也是一个婚姻感情不顺心的人，碰上了一个窝囊的他，和他生了一个女儿，孩子随他生活，我没有负担，收入尚可。我给你发这个信息并非贪图你是个富二代，而是被你的真诚坦率所吸引，我希望我就是你要找的那个女神，你如有意，我们加微信再聊，我把我的微信号发给你，请你加我。"

"尊敬的女神，读到你的信息我很激动，我在万千人群中找寻，终于找到了一位理解我的人，我也被你的真诚和坦率而感动，为了表达我对你的喜欢，我通过快递给你发去了一束鲜花，并给你寄上了我们这里的特产江西蜜橘，请你查收，期待你。"网络男神发出了消息。

几天后，迟郁芳真的就收到了快递给她送来的数百公里之外的一束九十九朵的红玫瑰和一箱包装精良的江西蜜橘。

接下来的故事又落入了俗套，迟郁芳很快就陷入了爱河，在网上，"火狐狸"对她是又体贴又关爱，什么心里话也都与她说，俨然把她当作了自己最亲近的人，随着交谈的越来越深入，两人已经在网上互称老公老婆了。

"老婆，我又想你了，什么时候你才能来到我的身边，让我们在蜜橘林里比翼双飞、双宿双栖？"

"老公我也想你了，想让你……等我这次带团从韩国回来，我就去你的家乡，去见你，去吃你的蜜橘，去吃你……"迟郁芳的语言火辣辣的让"火狐狸"十分喜欢。

二十天后，痴迷的迟郁芳乘坐飞机赶往了远在江西赣南"火狐狸"的家乡，一下飞机，她的"火狐狸"就捧着一大把鲜花迎了上来。

"老婆，你终于来了，你一路辛苦，走，我带你去白天鹅。"一辆最新款的白色宝马740开了过来，"火狐狸"引导着迟郁芳坐上宝马。

宝马穿行在宽阔的柏油马路上，穿过闹区，在一座环山临水绿树成荫的港湾里停了下来，他们走下了车，抬头仰望，眼前一排豪华的建筑便映入眼帘，白天鹅国际旅游度假村到了，他们拾级而上，步入豪华的迎宾大厅，在前台办理了登记入住的手续。

"老婆，先洗个热水澡吧，你一路风尘，泡一泡洗一洗，看，池子里我给你放满了玫瑰花，你就来一个玫瑰浴吧。水，我试过了，正好适合你……""火狐狸"一伸手抱住了迟郁芳，把她抱进了浴池里，接着他也把自己脱了个精光，浸进了水里……

几天下来，"火狐狸"带着迟郁芳像一对柔情蜜意的情侣，乘车坐飞机，游玩了井冈山、举世闻名的庐山，尝遍了江西的美食……

"火狐狸"真名叫林大山，他领着迟郁芳参观了他在市中闹区购置的一百三十多平方米的装饰豪华的商品房，并向她展示了购房合同和不动产房产证，同时还向她展示了他的宝马740行车证及购车大本，他还领着她在一个不大不小的工厂里转了一圈，他告诉她这是他爸爸的厂房，等他爸爸退休以后就将这个厂子的所有权移交给他……

迟郁芳的这次南国之行，尝到了爱情的激情似火甜蜜如意，尤其是林大山对她的接待感到十分满意，就在她离开江西临上飞机的那一刻里，他还硬塞给她一万块钱的现金让她带着路上花……她对他在她面前展示的身家财力深信不疑，她断定这位林大山就是她要找的白马王子，她决定回来就与她的那个窝囊男人离婚。

迟郁芳对高光明说："光明，咱俩离婚吧，老这样下去你觉着有意思吗？反正我和你过够了，咱俩过得一点儿滋味也没有。"

"离婚？你想得倒美。当初上大学那会儿，不是你追的我吗？现在你觉得没意思啦？要知今日何必当初。"高光明事业正在瓶颈期，他心里正窝火。

"如果你执迷不悟，那咱就法庭上见，到时候别怪我没给你留情面，我希望你还是慎重考虑一下，为了你的名誉，咱们还是好说好散，到民政局协议离婚为好，我不要你的房子，闺女也可以跟你生活，由你抚养，不过你得自己掏抚养费，不然就归我抚养，我也不要你的抚养费，其他的咱也没过下什么，没什么可分的，咱个人挣的钱归个人所有。"迟郁芳一点儿也不关心高光明的情绪。

"我不同意和你离婚。如果你非要离，我养孩子可以，你得给我每月一千元的孩子抚养费，否则你就是起诉，我也不会同意离婚。"高光明起身走了，他现在焦头烂额，没心思同她打嘴官司。

过了很长的一段时间的冷战期，高光明终于同意和迟郁芳离婚了，两人没打也没闹，直接到民政局协议离婚，领了离婚证。

迟郁芳离婚后，立刻向远在数百公里之外的林大山发出了邀请，邀他来北方详谈结婚事宜。

几天后，林大山乘飞机来与迟郁芳会合，就婚嫁的事谈了个大概，由于双方都是二婚，各自也没有什么特殊的要求，就结婚后在哪里居住的问题，对迟郁芳来说，也根本不是问题，当然林大山在哪儿住她就在哪儿住了。

林大山带着迟郁芳回到了他们当地，在当地的民政局很快就领了结婚证，这时的迟郁芳还沉浸在新婚的喜悦里，压根就不知道她这是被林大山给骗了，这已经是林大山的第四次婚姻了，而且他根本就不是个有钱人，之前的宝马车是他租赁的，住宾馆的钱也是网贷来的，他就是当地一个普通的农民，家里有个十几亩的蜜橘园。

这些迟郁芳是在婚后第三天知道的，他们从市里回到了村里，这样巨大的落差，差点儿让迟郁芳晕倒，她处心积虑得来的白马王子就这样成了泡影。

迟郁芳想到了逃跑，可一连跑了三次，三次都被林大山给追回来了，追回就是一通打，她的眼泪都哭干了，她想起了高光明的好来，可是隔着千山万水，而且她已经与高光明离婚了，她的死活，与高光明又有什么关系呢？

林大山穷倒不怕呀，关键他竟然还赌，一赌就输，一输就喝酒，喝了酒就发酒疯，发起酒疯来就咬她，抽她，常常把她打得遍体鳞伤。打完了还和迟郁芳要钱，给钱还好说，不给钱打得更狠，常常还说早晚要把顶出去，吓得迟郁芳只好一次一次给他钱，很快就把离婚带来的三十万元给全败光了。

为躲赌债，林大山跑了，家里丢下了迟郁芳一个，上门的赌徒找不到林大山，要不到钱，看迟郁芳长得标致，就都来欺负她，说就用她的身子来抵林大山的赌债，什么时候抵够数了，什么时候算完。

迟郁芳在那些男人的身子下号啕大哭，她是被骗子林大山给骗来的呀……

听完这两个故事，孙大国又瞪起了眼睛，俺娘嘞，这故事是越讲越精彩了呀，怎么听得这么过瘾呢。

乔小乔低着头，在软皮本上写呀记呀，她觉得来采访李大律师是她今年干的最正确的事，要是整理好了这些故事，发到他们小报上，哎呀哎呀，那小报的销量岂不会蹭蹭上涨啊。那她的收入是不是也能被提一级了？

第十九章

下面李老师讲的故事更奇葩，是个叫朱树山的牛经纪的事。

牛经纪朱树山有两个女儿，他的大女儿刚满十八岁，还在上高中，明年考大学，小女儿也已十五岁，正在上中学。

朱树山带着俩闺女来找李老师说他想和他老婆离婚。

李老师问："老朱哇，你们都两个女儿了，而且都长得这么可爱，咋就闹到起诉离婚的地步了呢？到底怎么回事呀？"

"唉，一言难尽哪。"老朱长叹一口气说，"我媳妇叫马小芳，是我们临县人，我比她大十二岁，正好大一轮，还不是因为父母死得早，家中日子过得艰难，熬到三十几岁才好歹成了家。"

原来，朱树山在集市牲畜市场上拜会了个经纪师傅，师傅教会了朱树山看人说话，抱羊羔摸肉称量估价，伸胳膊掐指头袖子里讨价还价的本事，就这样，朱树山成了活跃于赶四集的猪经纪牛经纪羊经纪，虽挣不了大钱，但小钱不断，手头自然就十分活泛。

等手里积攒下钱后，朱树山就找人帮忙拆了旧屋，盖起了五间大瓦房。

盖了瓦房的次年春天，朱树山的手里有些花空了，师傅就介绍他到阳平的一个乡镇集市牲畜市场上去干经纪，这个集市地处阳平的边缘，是个山区，但养牲口的特别多，牲口市场就特别的大，三县五界来贩卖牲口的也都云集而来，因而那些做经纪的就好挣钱。

朱树山住在乡镇集市上的一家骡马店里，这家开店的主人姓马，家有三个女儿，没有男丁，前两个女儿都出嫁了，唯有这个小三妮待字闺中，想找一个上门女婿。

马老板的小三妮叫马小芳，那年她十七岁，上过初中，没到毕业就不上了，但脑子灵活，骡马店里的往来账都是她管的。知道马老板想找个上门女婿，朱树山就想试试，可他年纪有些大，快三十了，比马小芳大了整整一轮，他又觉得有些下不了手，就在他有些犹疑中，马小芳来找他了，原来马小芳是来请教他关于牛经纪的一些事儿。

就是这次短暂的接触，让朱树山的心里刻下了马小芳的影子，这个马小芳真是调皮，都跑到他的梦里去了，别看他年纪是大，可大也有大的好处，会说话会疼人啊。

朱树山有了心，便常常买些女孩子喜欢吃的零嘴儿给马小芳吃，什么瓜子呀香蕉橘子葡萄龙眼干果儿的，买来也不给她送去而是叫她来他屋里品尝，品尝来品尝去的，两人渐渐就无话不说了。马小芳爱胭脂红粉着装打扮，朱树山就投其所好，领着她去逛商场，舍得花钱给她买衣裳化妆品，他越是大方，她就越是喜欢，两个人的心靠得更近了。

起初马老板知道这件事后，是不同意的，说两个人年龄相差太大，可耐不住马小芳坚持，后来马老板夫妇也就睁一只眼闭一只眼了。

没多久，马小芳怀孕了，没有办法，她的父母才开始给他俩张罗婚事，不过又跟朱树山提出了要收五万块的彩礼，朱树山想也没想就答应了，他知道马老板是想找个上门女婿的，可要了这彩礼，他就有理由带着马小芳回朱家了。

朱树山咬咬牙跺跺脚，四处筹措，好歹凑齐了五万元的彩礼，这才把马小芳给娶了，他们在马家过了不到两个月，朱树山就带着小妻子回家了。回到家后，日子就这样过了起来，只因结婚时马小芳年纪小，两人也没有办结婚证，没有结婚证但毕竟是同居生活了，眼看着她的肚子一天天大了起来，计划生育部门的工作人员就找上门来了。那时候，一对夫妻只准生育一个孩子，而且还要有计划，事先办好准生证才能生，早了晚了都不允许生，适龄青年结婚也属于计划生育管理的范围，未婚同居也会当成是违反计划生育管理规定而受到处罚。没办法，朱树山带着他的小妻子开始了逃亡的苦日子。

五个月后，大女儿出生了，在外躲了两年，马小芳又怀孕了，本想着生个男孩儿，谁知二胎又生了一个闺女，转眼大女儿到了上学的年龄，没有户口上不了学，朱树山这才拖家带口地回到了老家，高低是交了七万元的罚款才算了事。

那时候穷，七万的罚款还是从岳父马老板那里拿来的，为此朱树山还特意给岳父写了借条，当然这个钱，后来也还上了。

交了七万元的罚款后，孩子的户口也在派出所落下了，孩子有了户口，学籍也办了，朱树山和马小芳也补办了结婚证，这样一家人这才算终于过上了正常人的生活。

改革开放一搞活，计划经济转向市场经济，畜牧业更是大发展，像朱树山这种懂畜牧的市场经纪人就更有了用武之地，他的生意越发地好，收入也多了起来，再加上俩闺女也都长大了，家里的事情少，朱树山和马小芳的日子过得滋润起来。

特别是马小芳，她本就年轻貌美，现在生活条件好了，心情舒坦了，人就越发丰满漂亮了。人前人后，常有人夸她，都羡慕朱树山老牛吃嫩草，好幸福哇。

　　谁知道这幸福也是不长久的呀，由于朱树山常年在外跑经纪当中间贩子，结交的社会上的三教九流朋友特别多，平时来家里找他谈生意玩扑克的人也多，他们家里常常有扑克牌局，玩够了就猪头下货地煮一锅炖上豆腐白菜坐下来喝一杯，吃完了再接着玩。有时候赶上下雨阴天下大雪时，就接连好几天地抢着打通宵的牌，马小芳也是个爱热闹的人，倒也不见烦。

　　这伙牌友中有个与他们家一墙之隔的邻居，是朱树山的一个本家兄弟，还没有出五服，算比较亲近的兄弟，比朱树山小八岁，比马小芳大四岁，他叫朱树强，常年在外搞劈铁维修安装行车，手里有钱，花钱也比较大方，吃穿很会享受，常常油头粉面，他有一副巧嘴，能说会道的，好开个玩笑，常惹得一些妇女骂他不正经。他最爱逗的是马小芳，他总说马小芳这个小嫂子比他家那个丑婆娘好看太多了，如果按评分，马小芳评个满分，自家那个丑婆娘占三分就撑破天了。

　　朱树强垂涎马小芳也不是一天两天了，他在朱树山家里打牌也不是一天两天了，时间久了，他就越发不安分起来，时不时地会动手动脚，打个牌也不老实，在牌桌子底下拿脚钩马小芳，把马小芳钩得咯咯直笑，两个人打情骂俏，他说好好一个她却插在了牛粪上，她说你不也一样，你也一堆牛粪，也就弟妹插。他说要不你插插看好看不？她说可不敢，谁也没有你家那母老虎看得紧。

　　朱树强手痒痒心也痒痒，他瞅个朱树山赶远集在外住下的空隙，来找马小芳，俩孩子都住校，家里只有马小芳一个人，"小嫂子，弟弟来跟你做个伴。"

马小芳"扑哧"一声笑了，这个弟弟可不小，比她还大四岁呢。可谁叫人家朱树强嘴甜呢，没一会儿，就撩得马小芳脸红心跳起来。

马小芳最害怕被挠胳肢窝，朱树强不知怎么就挠起了她的胳肢窝，挠得她痒得弯起了腰，"不要了，不要了，受不了。"马小芳呢喃着举双手投降，朱树强才真受不了呢，他三下五除二就把马小芳撂倒了。

从这以后，两人隔几天就在一起欢一次，偷情的刺激，让两个人越发不能自拔，外面慢慢有了朱树强和马小芳的风言风语，只有朱树山还被蒙在鼓里。

有个胆大的与朱树山相好的朋友，悄悄地侧面地提醒了一下他，朱树山是哪样的人，一听就明白了。两天后，他对马小芳说他去赶远集，怎么也得三四天才能回来，让马小芳别忘了这个周六接孩子回家。

朱树山一走，马小芳就给朱树强打了电话，不大一会儿，朱树强就来了，一进门就抱住马小芳亲，嘴里说着不堪入耳的情话。

马小芳拍了他一下说，"馋猴子，你等一会儿，我下午弄了涮羊肉火锅，咱们先吃点儿喝点儿，喝点儿小酒儿才带劲儿……"

朱树强揽着马小芳好不容易吃完了火锅，两个人嘴对着嘴，相互喂着喝了小酒，慢慢地酒劲上来了，人就更疯狂了。

就在朱树强和马小芳激情如火，欲罢不能的时候，朱树山提着一把大砍刀从外面推门进来了，吓得朱树强"嗷"的一声，从马小芳身子上滚了下来。

朱树山对着俩狗男女扬了扬手中的大砍刀，两人脸色煞白都吓瘫了，朱树强给朱树山磕头，说只要放过他，他愿意和朱树山换老婆，他老婆虽然不如小嫂子马小芳漂亮，可也很有味道。朱树山一听差点儿把鼻子气歪，他狠狠甩了朱树强两个耳刮子，让他快滚，朱树强很听话的屁滚尿流地滚了。

朱树山这边还没气完呢，那边马小芳倒去法院递交了离婚起诉书，她一点儿也不想跟朱树山过了，这么些年，她终于想明白她自己终究是需要什么了，她需要朱树强这样强壮的男人。

朱树山一开始当然不同意离婚，法庭也是给予支持的，就这样第一次起诉离婚，没有判离。

可摔碎的镜子再怎么黏合也有了裂缝，朱树山和马小芳再回到当初已经是不可能的了，又拖了半年，马小芳又提请离婚，这次，朱树山没有拖拉，一口同意了。

朱树山的家庭解散了，马小芳恢复了单身，她有权追求自己的幸福。

与此同时，朱树强的家庭也岌岌可危，因为他提出和朱树山换老婆的事，让他老婆大为光火，这几天也正闹着离婚呢。

朱树强和马小芳的这处闹剧丑闻被传遍了四邻八乡，人们在茶余饭后都会评论上几句，时隔不久，朱树强的老婆也和朱树强离了婚。

只是后来听说那马小芳也并没有和朱树强结婚，具体什么情况，除了当事人，谁也不清楚……

第二十章

讲完朱树山和马小芳的故事后，刘灿水和花蝴蝶的故事又来了。

刘灿水最早是在镇上的一个镇办企业开车，后来因出了一次车祸后摔断了腿，就因此就回到了村里，在村里承包了鱼塘，成了方圆百里有名的大能人，外号刘能能。

刘灿水的媳妇，名叫董贤俊，不仅长得俊心眼儿还好，平常待人接物的也很有分寸，人也特别的勤谨，家里家外，她都打理得十分周全，但就是肚子不怎么争气，一连给刘灿水生了仨闺女，除了这点儿不如意，其他的都是响当当的。他们家是新盖的四合院前后出厦，现代化的家电设施应有尽有，有一辆帕萨特轿车，这日子过得顺风顺水，家庭又幸福美满，在外人眼里算得上人人羡慕的富裕人家。

人人都看好刘灿水，有了钱的刘灿水也确实为村民办了许多实事，修路哇打井啊，给七十岁往上的老年人送米面哪，说起他来，村民人人都举大拇指。

可这刘灿水好是好，就是有一样不好，那就是爱好女人，喜欢拈点儿花惹点儿草，回村里前，村民也不知道哇，等回到村里后，人又有了大钱，这些小毛病就不算是毛病了，只能算是个小爱好，再说这男人女人的事还不是一个愿打一个愿挨，这找谁说去，看看哪个男人不想着偷点儿腥。

对于刘灿水的"小爱好"，董贤俊只能打了牙往肚子里咽，她真心觉得丢不起那人，可谁知道刘灿水竟然恋上了那个远近闻名的"花蝴蝶"。

刘灿水有了外心，回家要跟董贤俊离婚。董贤俊可不是一般人，别看她出了名的好脾气，那是没惹着她，真要惹着她了，她才不会轻易饶过谁，这不刘灿水这边才一闹离婚，她那边就已经整理出一大沓对刘灿水的举报材料了。

第二天一早，董贤俊就拿着材料，去了镇里，大家这才知道远近闻名的刘灿水，原来背地里竟干出了这样的事。

那是前年夏天，董贤俊满头大汗地从地里锄地回到家里，一推开内室的房门，便被眼前的一幕惊呆了：床上，她的男人刘灿水正和一个妖艳的年轻女人叠在一起……

董贤俊上了头，她一把薅住那个女人的头发，"你个 × 货好大的胆子，竟敢大白天地跑到家里来，真是太欺负人了。"

那个女人尖声大叫了起来，刘灿水一把把董贤俊扯开，他护在那个女人前面，恶狠狠地对董贤俊说："你个臭婆娘撒什么泼？这个家，还轮不着你说话，你再闹，我就休了你，和她结婚。"

董贤俊蒙了，那个女人趁机溜下床来，穿上衣服跑了，董贤俊要去追，被刘灿水一下子拽住，摁在床头上劈头盖脸地打了一顿。

这一次，董贤俊被打得三天没有起来床，她在床上躺了三天，也哭了三天，这三天都是她仨闺女在身边端水喂饭，刘灿水不知死哪儿去了，一直没有家。

那个与刘灿水好的女人不是别人，正是村里远近有名的"花蝴蝶"，她爸在外搞业务常年不在家，听说在外面找了人又有了一个家，她和她娘守着家里的几亩地过活。

"花蝴蝶"初中生时就跟着社会上的人鬼混，年龄不大就嫁了人，嫁人后风流成性，屡教不改，被婆家给撵回来了。回到娘家这几年，她也长大了，有些明白道理了，做事这才有了收敛，一般人她不贴乎了，要贴乎也只贴乎那些有用的"大人物"。

村里有个叫李大军的老板在外发了财，"花蝴蝶"便贴乎上了他，当了他的女秘书，李大军想把刘灿水承包的地利用起来盖厂房，听说他同村里签了合同承包了七十年，七十年太久了，李大军只想争这朝夕，他就看好了那片地，他已经侧面了解清楚了，光鱼塘就够刘灿水忙的了，他承包的那些地，也没发挥多少挣钱的作用。

在镇上大酒店的雅间里，李大军带着"花蝴蝶"摆宴请客，贵客就是刘灿水，席间"花蝴蝶"真如同一只蝴蝶一样在几个男人间翩翩起舞，尤其那迷死人的眼神，直往刘灿水那里瞟，把个刘灿水惹得心痒难耐，白酒喝了一杯又一杯，眼睛直直地看着"花蝴蝶"，恨不得酒场变战场。

那边跟随着音乐跳舞的"花蝴蝶"飞了过来，在刘灿水的额头轻轻啄了一下，故意向他蹭了蹭，这下可把刘灿水挑逗坏了，他觉得自己浑身酥麻，脚都不能动了，刘灿水涎水都流下来了。

这天晚上，刘灿水喝高了，没有回家，而是被李大军安排在酒店的贵宾套房休息，这次休息是休息得真好哇，"花蝴蝶"陪了他一夜，"花蝴蝶"拿出她十八般武艺，刘灿水差点儿死在了温柔乡里，但就是这一次后，刘灿水再也忘不了"花蝴蝶"了，他也很爽快地把自己承包的地转租给了李大军。

地皮转租出去，村里也没人阻拦，李大军都说了，等建好了厂子，优先招村民去当厂子里当工人，不仅给村民也给村里创收了不是。

李大军开始张罗着招人挖地基盖厂房，这期间隔个几天就会请刘灿水去镇上，每次"花蝴蝶"都会作陪，她成了刘灿水的"御用蝴蝶"，专属刘灿水了。

厂房盖到一半，资金链断了，李大军带着"花蝴蝶"又请刘灿水喝酒，几杯酒水下肚，李大军给刘灿水双手奉上礼物，"大能人，这是我专为您买的苹果手机，这里还有一万块钱现金，您先拿着，还需要您的名义，帮我跑跑银行贷款。"

刘灿水正喝到兴头上，他大腿上坐着的"花蝴蝶"正用樱桃小嘴往他嘴里送酒，他接过来李大军的礼，顺手塞进了"花蝴蝶"的怀里，"送你了，你收着。"

"花蝴蝶"一惊，她拿眼角去看李大军，李大军轻轻点了点头，"花蝴蝶"眼睛一下子亮了，这款新款的苹果手机她心仪好久了，还有厚厚的一沓现金，可是足足有一万块，"谢谢我亲爱的大能能，你真是我的大贵人哪。"

刘灿水就愿意看"花蝴蝶"崇拜他的模样，"小宝贝，你要怎么谢我这个大贵人哪？"

李大军起身去了洗手间，他就知道，选"花蝴蝶"当他的秘书，是再合适不过了，这是个人才。

"花蝴蝶"慢慢把头低了过来，双手钻进了刘灿水的衣服里，那只柔滑的小手，在刘灿水的胸膛上游走，她俯身亲了刘灿水一口，把个刘灿水亲得差点跳起来，他急不可待地想进宾馆。

好戏还在上演，李大军适时地又出现了，刘灿水大手一挥，"跑什么贷款，我手里有几十个本村外村村民集的资，他们都想跟着我弄鱼塘……我先想办法挪给你周转周转，不过可得说好了，三个月内，你得还给我才行。"

李大军赶紧给刘灿水斟满了酒杯，并双手把酒捧起，"大能人，您真是我李大军的再生父母，是我的及时雨，是我的救命菩萨呀。"

刘灿水冲李大军这个碍眼碍事的家伙摆了摆手："快走，快走。"

这以后，李大军和刘灿水就成了铁哥们，比铁还铁的铁哥们，又因为李大军送上的"花蝴蝶"着实合刘灿水的心意，两个男人结成了同盟军，关系就如同拧成一股绳的一奶同胞。

李大军的工厂隆重开业那天，他送给了刘灿水一套楼房钥匙，那是他在镇上高档小区孝敬给大能人和"花蝴蝶"的新房。

刘灿水把李大军当成了知心的兄弟，他拍拍李大军的肩膀："兄弟，行，哥记住你的好了。"

李大军笑着碰了碰刘灿水的胳膊："哥呀，小嫂子真厉害，看，哥你越来越年轻了，小嫂子也越来越漂亮了呢。"

刘灿水看了李大军一眼，什么也没说，只是冲他发出一通嘎嘎的大笑，笑声如同公鸭子，真是难听极了。

这天晚上，镇上的新房里，"花蝴蝶"拿着一张报告单在等刘灿水，这是一张怀孕报告单。

"水哥，人家怀孕了。"

刘灿水一进门就听到了"花蝴蝶"娇娇软软的声音，"啥，你怀孕啦？真的假的？我要有儿子啦？"

刘灿水把报告单拿在手里，翻来覆去地看，忍不住眼泪掉下来了，他盼了许多年的儿子梦啊，终于要实现了，"小蝶，你真是我刘家的大功臣，你要是真给我生个儿子，我奖励你这个数，不，不，这个数。"刘灿水先是伸出了三个手指头，又伸出了五个手指头。

"才五万哪，我不生。""花蝴蝶"作势地扭了扭身子。

刘灿水赶紧接天神一样扶住她，"傻瓜，不是五万，是五十万。"

"花蝴蝶"一听眉开眼笑，跟了这货这么久，他终于肯大出血了，"水哥，我请大师算过了，这一胎绝对是个儿子，是你老刘家的香火，这孩子可是要认祖归宗的，总不能和我一样，跟你这样不求名分的吧。"

刘灿水一听是个儿子，心劲更足了，"哪能让孩子没有名分，你放心，这几天我就与那个黄脸婆离婚。"

就这样刘灿水跟董贤俊提出了离婚，"贤俊哪，咱俩协议离婚吧，房子和孩子都给你，我净身出户你看这样行吗？"

董贤俊看了刘灿水一眼，什么也没说。

"贤俊哪，这些年你跟着我，我也没让你受多少苦，除了地里的活，咱家也没有啥受累的，咱还是好合好散吧，这样我再给你拿出十万元钱作为补偿吧。"刘灿水又做出了让步。

"再拿十万元？你就是给我一百万元也白搭，我就不挪窝，我就拖着你们，你和那个花蝴蝶在外浪吧，浪够了就不浪了。"董贤俊坚持不让步。

"那好，你就等着接法院的传票吧。"刘灿水恼羞成怒，他一甩袖子走了。

董贤俊哭倒在沙发上，哭够了，她就发起狠来，一边发狠，一边整理起刘灿水的一些材料，刘灿水好不好，枕边人最知道，这个举报可不敢忽视。

几天后，这边董贤俊收到了法院给送达的离婚起诉书和开庭传票，那边镇纪委组成工作组对刘灿水的问题开始进行调查落实。

刘灿水被判了刑，有期徒刑两年缓期三年执行，并收缴没收了其非法所得五十万元。

没了钱的刘灿水接下来的日子就不好过了，婚非但没离成，还被老婆扫地出门，自己也因此被"花蝴蝶"给甩了，他去求"花蝴蝶"好歹给他留下老刘家的孩子，"花蝴蝶"冲他翻了翻白眼，"喊，你的孩子？得了吧，你也不撒泡尿照照镜子，那是李大军的孩子好不好……"

刘灿水一听这话，一头栽倒在地上，昏了过去，没有地方去的刘灿水，躲在山上的一个看林房里喝酒，借酒浇愁愁更愁，在这年寒冬腊月的天气里，大雪纷飞，凌厉刺骨的老北风飕飕地叫着，看林房的门窗都被大风吹开了，喝醉了的刘灿水一夜未醒，就这样被冻死了……

说完刘灿水自寻死路自求败灭的事，李老师接下来讲的是穷汉子一夜暴富之后，自我膨胀的又一个悲剧：

魏大鹏是从乡下进城打工的一名打工仔，靠白天给人往楼上扛水泥沙石建材赚取血汗钱，一天到晚累得要死，也挣不了几个大钱。

舍不下老婆孩，也为了让孩子接受好一点儿的教育，魏大鹏也一起把老婆孩子接进了城里，在城里租了一间平房居住，魏大鹏的老婆叫范中勤，在医院里做临时保洁员，挣的钱更是少得可怜。他们夫妻俩需要供养一个上高中的儿子和一个上初中的女儿，两个孩子，光学费也够他们负担的，家庭经济条件可见是多么的困难。

魏大鹏一天到晚很辛苦，但辛苦之余，他无时无刻不做着发财梦，梦想有朝一日，中个大奖好过上人上人的生活，所以他时不时地就到福利彩票点上去买刮刮乐以及体育彩票，一天也不买多，就拿出十块钱来碰碰运气。你还别说，也许是命中该有这富贵，魏大鹏竟然真的中了一个大奖，大奖纳完税后竟高达二百六十万元。

魏大鹏被一夜暴富得来的二百六十万元巨奖砸昏了头，他让老婆赶紧掐掐他，这不是做梦吧。范中勤不是冲他，而是冲自己啪啪扇了两巴掌，疼，真疼，是真的，不是做梦，不是做梦啊。

魏大鹏和范中勤抱头恸哭。接下来两个人开始规划这钱怎么花，这可是二百六十万哪，是二百六十万，不是两万不是二十六万，是二百六十万哪。

最后还是范中勤先从惊喜中清醒过来，她拍了拍魏大鹏的头，"看把你得意的，不就是买个彩票中了二百六十万吗？至于吗？咱一家四口人，两个学生，你算算，又得买房，又得供孩子上大学，这点儿钱，能够吗？要我说，咱们不能露财，还得靠体力劳动，多多赚钱才是。"

魏大鹏还没从惊喜中缓过神来，他兴冲冲地说："我想好了，咱先拿出五十万元来买套房子，再拿出几十万来买辆高栏运输车跑长途运输挣钱，其他的咱用来投资赚大钱，我要让钱生钱，蛋生鸡，鸡生蛋，钱赚钱，我要在几年之内成为千万富翁。"魏大鹏越说越兴奋，他不由得站起身来，很有点儿指点江山的意味。

魏大鹏脾气很犟，拗不过他，几天后，范中勤只得和他通过房产中介办好了一套二手房的买卖合同，花了五十二万元，在市中心一个豪华社区买了一套一百二十平方米的二手房，并重新进行了装修，又花六万多元买上了崭新的家电家具，一切都收拾好，一家人搬进了新家。

俩孩子高兴坏了，他们在班上在同学当中总觉得自己是乡下人低人一等，这下好了，他们在城里也有自己的家了。

范中勤还想去医院干保洁，魏大鹏不让她去，说让她在家当富太太，好好享福就行，听得范中勤一脸无语，这才只是二百六十万哪，哪里就可以啥也不干当富太太了，会坐吃山空的，她坚持要出门去干活，魏大鹏气得不想管她了。

魏大鹏见范中勤真不听他的话去干保洁了，气得摔了一个茶杯，这是他平时最喜欢的一个茶杯，摔完了茶杯，他又想起还有别的大事要干，他有一个远房亲戚开办了理财服务公司，曾经来找过他，说可以将闲钱投放在他那里，回报率高，可那时魏大鹏哪里有什么闲钱，他能混上一家人吃喝就很不错了。现在有了钱，魏大鹏一下子就想到了那个亲戚，他打电话叫来了那个亲戚，经过商谈，他决定把一百五十万元投放在亲戚的理财公司理财，亲戚一看魏大鹏竟然这么大气，当场就拍板，以年回报百分之十五的回报率签下了委托理财合同。

送走了理财公司的远房亲戚，魏大鹏又从报纸上招聘大车司机，在招司机的空当儿，他从一家货运公司里挂靠买了一辆崭新的高栏货运车，货运公司给他代办了一应的保险费用，这时司机也招到了，车辆也办好了，魏大鹏开始雄心壮志地策划货运车的赚钱思路。

至此，魏大鹏买彩票所中的二百六十万元大奖全部铺排完毕，似乎一切都是那么的完美，利润也将会像滚雪球一样源源不断地滚来。在魏大鹏的眼里，自己俨然是一位颇具发展潜力的大老板了，离他的千万富翁的美梦似乎已经近在咫尺了。

起初的那段日子，也真的如他所想，一切都是那么顺风顺水，也确实让他尝到了投资所带来的一些甜头，高栏车一个月下来，怎么着也给他能赚上个一两万元的利润，房子是买来自己住的，再也不用交房租了，理财公司每月按照约定给他打利息，算下来，赚的钱是十分可观的。而范中勤赚的那点儿辛苦钱，在他看来已经可以忽略不计了，慢慢地魏大鹏便有些飘飘然了。

　　一个偶然的机会，他参加了一位朋友举办的酒会派对，在酒宴席上，他结识了一位卖车小姐。这位小姐名叫陈萍萍，生得浓眉大眼，瓜子脸，白里透红性感的嘴唇，长长的头发，高挑的身材，丰满的前胸，美白的长腿，甚是好看。尤其是她那优美的舞姿，更是让魏大鹏看得入了迷，也许是心有灵犀，陈萍萍对他抛去了媚眼，就是从这一个媚眼开始，魏大鹏彻底沦陷了。

　　"大哥，你是做什么工作的，我看你是个很有气派的人物呢。"陈萍萍主动走上前搭讪魏大鹏。

　　"哦，你真漂亮。我是做投资生意的，不知道小姐你是做什么工作的？"魏大鹏故作高深地说。

　　"啊，我一看大哥就是一个阔绰的老板。小妹我是专卖汽车的售车小姐，你想买车吗？我给你打八五折优惠，还免费赠送你一份车保险。记得呀，要买车就找我。"

　　"哦，萍萍小姐，我正想买辆轿车呢，真是缘分哪。"

　　就这样搭讪过后，魏大鹏和陈萍萍互相留了联系方式，陈萍萍是个不甘心一辈子处在底层的女人，她看准了魏大鹏，岂会放过这样的好机会，她开始时不时地给魏大鹏打打电话，说说近况，有时候烦恼了高兴了，还会跑来找他，要他跟她喝酒，要他同她一起同喜同忧。

　　陈萍萍可把魏大鹏拿捏到位了，拿捏得魏大鹏死心塌地爱上了她。

　　为了让陈萍萍提业绩，魏大鹏在陈萍萍 4S 店里分期买了辆奔驰，而且现场就把这辆奔驰送给萍萍先开着，把那些个卖车小姐羡慕得哇哇大叫，让陈萍萍赚足了面子。

　　陈萍萍为了答谢也为了取悦魏大鹏，提议请他去 KTV 唱歌，在 KTV

包间，旋转的霓虹灯快把魏大鹏转晕了，他喝了不少的酒，他的心怦怦直跳，因为陈萍萍的小手竟开始在他身上胡乱摸起来。

两个人这就算好上了，魏大鹏在市区贷款买了一套商品房，就正儿八经地把陈萍萍金屋藏娇了，魏大鹏不想让陈萍萍去上班了，两个人好了三个月后，陈萍萍辞了职，专心在家伺候起他来，从此后，魏大鹏过起了家里红旗不倒，外面彩旗飘飘的美好生活。

魏大鹏结交的朋友多，朋友一多，就难免良莠不齐，赌友也来了，赌友一来，就把他钓进了赌场，还是这个来钱快呀，赌了几次，魏大鹏次次赢钱，这可把他乐开了花，老天让你发财，你不发都不行。魏大鹏的自我感觉良好。

可命运还是出现了转折，就在魏大鹏意气风发的时候，厄运降临了，他购买的高栏运输车在高速路上突然刹车失灵，撞上了高速护栏，不仅撞坏了高速护栏需要赔偿，还把车辆撞烂了，车上的两个司机也都撞死了，打电话给保险公司理赔时，才发现当初并没有给买上司机险，这一下损失就大了，魏大鹏个人承担赔偿二百四十万元。

可这事还没完呢，魏大鹏投资的理财公司因涉嫌非法融资，被公安机关取缔，该公司的一应财产全部查封冻结，涉案资金全被当作了非法融资罚没上缴了国库，魏大鹏投放的一百五十万元也全都打了水漂。

屋漏偏逢连阴雨，理财公司的事还没个子丑寅卯，魏大鹏就因参与聚众赌博，被公安机关给抓了起来……

陈萍萍是谁呀，那鼻子比鬣狗还厉害，她早就嗅到了魏大鹏败落的气息，已在魏大鹏被抓之前，卷了他私存的现金，开着他的奔驰车跑路了。

面对突然的变故，魏大鹏蒙了，范中勤也蒙了，她尤其不能原谅的是魏大鹏背着她在外面包养情人，她去找李老师寻求法律帮助要打官司，一是与所挂靠的货运公司打官司，要求货运公司承担没有给按照要求购买两名司机保险的经济损失；二是要求帮助她向魏大鹏所包养的情人追索其所带走的现金和一部轿车；三是她还要求追究她男人魏大鹏的重婚罪，并最后要求与魏大鹏离婚。

李老师很是专业，他指派了专业律师，分两个组进行作业，一组起诉货运公司赔偿因未给两名司机购买驾乘保险所造成的经济损失，二组起诉魏大鹏的情人向其追索返还不当得利。对于范中勤所提出的要求追究其丈夫魏大鹏的重婚罪和离婚的问题，李老师劝她等前两个目的实现之后再进行。

一组起诉货运公司，官司打赢了，法院依法做出判决，判令货运公司向魏大鹏赔偿因未给原告购买两名车上驾乘人员驾乘险造成的经济损失二百四十万元并承担诉讼费用两万六千元。

二组起诉陈萍萍返还范中勤财产纠纷现金五十万元及奔驰350越野车辆一案，法院也做出判决，陈萍萍取得魏大鹏与范中勤夫妻共同财产五十万元及奔驰350越野车一辆没有合法依据，应予返还。

官司打赢后，范中勤继续追究魏大鹏的重婚罪和要求离婚，法院经过审理认为，魏大鹏与陈萍萍没有以夫妻名义共同生活，更没有办理法定的结婚登记手续，其行为只是构成非法同居关系，不具备重婚罪的构成要件，依法驳回了范中勤起诉魏大鹏、陈萍萍重婚罪的诉讼请求。

接下来进入了范中勤起诉魏大鹏的离婚诉讼程序，法院经过审理依法判令范中勤与魏大鹏离婚；由于婚生两个子女均已超过法定的征求意见年龄，其明确向法庭表态愿跟随原告范中勤生活，法院根据孩子的意愿判令由原告抚养，被告每月支付两个孩子的抚养费一千元至十八周岁为止并享有探视权；就共同财产问题，由于被告魏大鹏有错在先，根据法律规定应少分百分之十的共同财产，法院依法判决其共有财产现金余款一百五十万元，归原告范中勤九十万元，被告魏大鹏六十万元，共有奔驰350越野车一辆归原告范中勤所有，挂靠高栏货运车一辆归被告魏大鹏所有，两辆车的未交后续贷款分期付款部分由各辆车所属人承担。

法院的判决书还没有生效，就传来了魏大鹏自杀的消息，这就是魏大鹏由一个穷苦汉子到一夜暴富后不能正视自己，野心膨胀的最后结局。唉，早知今日，何必当初呢。

听完魏大鹏的结局让孙大国嘴角抽了又抽，别看他还小，他已经有五年彩票龄了，他无时不在渴望梦想着，有朝一日能中大奖呢，嘿嘿，幸亏还没中大奖呢，还是把自己平头老百姓的日子过好吧。

李老师重新烧了开水，续了新茶，且将新火试新茶，诗酒趁年华。多好。

乔小乔什么也没说，她停下手中的笔，细细地品着一盏茶。

第二十一章

接下来的故事，则是讲了曲洪萍和李日明的婚变故事。所谓贫贱夫妻百事哀，居家过日子，离了钱咋行，说到底一个字，就是因为穷。

曲洪萍三十四岁，李日明也三十四岁，他们夫妻二人是同龄同属相同命人，又是小学的同学。

曲洪萍是城里人，长得白胖胖的，但浑身匀称，不算太美，但也不丑，一般人物，不过特别性感，把俊朗潇洒风流倜傥的丈夫李日明给伺候得是舒舒服服，人也没有了脾气。

李日明是粮店的一名下岗职工，他们夫妻俩原本是一对精明的生意人，生有一个可爱的儿子，已经十二岁了，在市区一个小学上二年级。

前几年，在山里有好多搞石料加工厂的，山里除石头还是石头，就是不缺石头，所以有人就买了磕石头的机器，进行石料加工，挣了大钱的人很多，李日明和曲洪萍就是其中之一。

刚开始时李日明和曲洪萍只是小打小闹，从人家的磕石机那儿拉石料往工地上送，挣点儿辛苦钱和柴油钱，渐渐地两人看出了一点儿门道，也看好了建筑市场大量需要沙石料、建筑市场潜力大这一契机，便想着自己投资经营石料加工厂，为此，他们还特意找大师给算了，大师说这两年财易得。

易得，得了这指示，李日明和曲洪萍开始大胆向社会募集资金，借取高利贷扩建厂房，征用生产经营场地，购买粉碎机、输送带、装载机、石料运输车辆等机械设备，投资搞起了大型的石料厂。那时候，执法部门还没为开采石头立法，环保部门也没有环保污染这一项检查，曲洪萍和李日明两口子就是趁着这个时候狠狠挣了一把。

两年后，原本希望在老关系的照应下继续发大财的曲洪萍和李日明，遭遇了执法部门"大地震"，他们的"后台"被人举报判了刑，他们不仅失去了"保护伞"还被罚了巨款，同时他们的石料厂还因环保不达标，安全不合格，手续不齐全，没有专门的生产经营许可证，被关门整改待补办手续歇菜了。

这样一来，李日明和曲洪萍投巨资建设的厂房购置的土地设备只好闲置起来，这就等于投资失败了。除此之外，还得上交土地占用使用费，设备折旧费，维修费资金占用使用高额利息。这样一来，他们便由曾经辉煌，一下子跌落到尘埃，风光不再了，愁死了，难死了，夫妻二人变得穷困潦倒了。

俗话说，狗急了跳墙，鳖急了抓泥，人急了抓瞎。曲洪萍和李日明的状况就到了这种程度，为了改变贫穷的现状，他俩冥思苦想，便想出了一个假离婚，巧用美男计，套取富婆财产渡过难关的谋略。

起因是因为一伙放高利贷的来逼债，"再给你们一个月的宽限时间，把借我们的五十万元贷款本金和利息还上，逾期，对不起，我们就找收废铁的来用割枪割你们的机器设备按卖废铁的价格给你们顶账。"

"洪萍，这可咋办哪？咱这机器设备可是花大价钱买来的，一旦日后办好了手续，咱还得靠这些机器设备翻身呢。要是被他们当了废铁给割了卖了可是一文不值，咱可苦死了呀。"李日明苦咧咧地对曲洪萍说。

"哎，日明，你不是有一个叫薛桂花的同学是个富婆吗？听说早年她为了你，爱慕得死去活来的。听说她年前才没了男人，正是苦寂需要有人安慰的时候，你去找找这位老同学帮帮忙呢？"曲洪萍眼睛滴溜一转对李日明说。

"呸，亏你说得出这种话，你这里把我往外送啊，当年，薛桂花一给我打个电话，你就醋意大发，开口骂人。现在遇到难处了，倒想起她来了。"李日明把头摇成了拨浪鼓。

"嘿，现在不是此一时彼一时嘛，咱都到了这个份儿上了，我还有啥闲心和你计较这个？我想过了，事到如今，只好你出马了，俗话说，舍不得孩子套不住狼，咱们可以这么这么办……"曲洪萍把自己想的美男计跟李日明讲了一遍。

李日明听了直发怔，"你真不怕她会黏缠我？"

"不怕。只要你能搞定她，把她的钱给我弄来，你就是和她上床睡觉我都算你有本事。"曲洪萍鼓励地看着李日明说。

李日明也被曲洪萍说得有些心动了，"那个薛桂花可不是个傻子，会直接给我钱，那也是个不见兔子不撒鹰的主。"

"那大不了咱俩先办个假离婚。"曲洪萍下了狠心说，"对，咱俩就先办个假离婚，到时候，你见机行事，得了她的钱财，咱们就复婚。"

李日明试探着说："那咱们就去路边花一百块钱办个假的离婚证就好了，我可不想和你离婚，我舍不得你，也舍不得咱们的儿子。"

曲洪萍白了他一眼说："出息，哪个与你真离婚，不过，这离婚证不能弄假的，你想，那薛桂花死了的男人是干啥的，是社区的书记哩，她能没有点儿警觉性？"

李日明还是有点儿下不了决心拿不定主意，还是曲洪萍下了狠劲。

第二天上午，两个人就赶到民政婚姻离婚登记处要求离婚，民政助理员让他俩每人填写了一张表，让他们一个月后再来办理离婚手续，并告诉他们这是新规定，离婚要保留一个月的冷静考虑期，到时候两个人如果反悔了，也可以不来离婚了，预留登记就不算数了。

还要等一个月呀，曲洪萍让李日明明天就去见薛桂花，就与薛桂花说两人正在闹离婚。

李日明在曲洪萍的安排下先与薛桂花取得了联系，电话打了几个，短信发了几通，薛桂花态度并不明朗，她现在没了男人，上赶着来的男人可不少，还不兴她挑挑了。

不过挑来挑去，还是自己的初恋更让人难以忘记，一个月后，薛桂花接受了李日明的追求。

一个月后，李日明和曲洪萍的离婚证也办理了，他们就夫妻共同财产问题和孩子抚养问题达成了协议，共同财产房产一处归曲洪萍所有，上海帕萨特轿车一辆归李日明所有，婚生长子李石通归李日明抚养，孩子抚养费每月五百元由曲洪萍每月向李日明支付，其他无争议。

当天晚上，李日明便拿着自己的离婚证与薛桂花赴约去了。

月下看美人，薛桂花还是那么漂亮，李日明看得呆了，他心动不已也心痒难耐，因为有初恋的基础在那里，两人几乎没费什么工夫，就各自把自己交给了对方。

薛桂花比曲洪萍保养得好，有钱的女人也会打扮，两人的感情升温很快，李日明像发现了新大陆一样，与薛桂花真正地谈起了恋爱。

薛桂花有次喝醉了酒，趴在李日明的怀里哭了，"日明，我命苦哎，看看这么大的家业，也只有俩女儿，那死鬼丢下我一走哇，可把我给闪了，他连个儿子也没让我生出来，这一摊子家业后继无人哪。"

"桂花莫哭，你一哭，我心疼，放心乖乖，他没让你生儿子，我让你生……"李日明咬着薛桂花的耳朵尖说，把薛桂花咬得浑身颤抖。

"要生，要生，生儿子，生儿子。"薛桂花反客为主，她对李日明又掐又咬，把个李日明弄得神魂颠倒。

又到了与曲洪萍见面的日子了，李日明有些不想去，他越来越不想看曲洪萍那张脸了。

曲洪萍在家做好了一桌饭菜，等着李日明进门，临近中午的时候，李日明才急急进门，"洪萍，我把她搞定了，很快她就会给我一笔款，让我投资周转。"

"日明，先不说这个，来，咱们喝酒，先喝酒，小酒儿助性，日明……"曲洪萍靠了过来。

李日明错开了身子，他作势着急地看了一眼腕上的手表说："洪萍，我不能在外面久待，她给我打电话了，在等我吃饭，我要不及时赶回去，她会起疑……"没等曲洪萍说什么呢，李日明就冲她摆摆手走了。

曲洪萍望着李日明的背影，嘴角现出了一丝苦笑，这都是她设计的呀，这都是她批准的呀，这都是她和他的计谋哇。可看到李日明和薛桂花打得火热了，为什么她的心里不是滋味，那么难受呢。罢罢罢，事情已经到了这种境地，要账的逼得人没了办法，只要钱到了位，让李日明睡睡薛桂花又能怎么样呢。

床上李日明搂着薛桂花说话："桂花，你不是说要打给我一笔款让我做启动资金吗？什么时候给我呀？"

"不急，你先跟着我热乎一段日子，咱俩先把结婚证扯了，我再给你打钱不迟。反正干事业做生意不是一天就能干成发大财的，凡事不得有个过程，慢慢理顺。再说，我也不差你去挣那两个小钱，万儿八千的，我会给你拿去当零花钱。"薛桂花含情脉脉地对李日明说。

没有办法，薛桂花不急，李日明也急不来，只好这么等着，他等着也不纯等着，有薛桂花这个美人在跟前，他求之不得，乐不思蜀。真正急的人是曲洪萍，她觉得自己办坏了这件事，弄不好，李日明是回不来了。

这天，李日明又跟薛桂花叨叨："桂花，啥时候给我转笔款，我得干事了呀，再不能这样坐吃山空了呀。我得干一番事业起来，这样你的脸上也有光不是？也免得人家说闲话，说我是个靠着女人吃软饭的。"

薛桂花也不是个傻瓜："看把你急的？反正我又不缺你钱花。咱俩连结婚证还没有去办呢。咱俩没扯证，还不是夫妻，不是夫妻你干不干事的关我啥事？"

李日明有些急了："那好，你想结婚咱就结，我是寻思着等我东山再起，干出点儿成绩来再结，那时对你也好看。既然你不嫌我现在一无所有，那我也就没什么说道的了，咱俩老头儿推车反正早晚走不出高粱地。"

薛桂花眼睛一亮："真的？日明啊，只要咱俩结了婚，钱的事你需要我给你出多少，这都不是问题。"

三天后，李日明和薛桂花从民政局领了结婚证。

"日明，你要我给你拿出多少钱来？五十万？一百万？还是更多？你要投资干什么买卖？你说说看，如果可行，三两百万的，我也可以从银行给你去提。"薛桂花把结婚证收好，她问李日明道。

"啊，其实，我也用不了这么多。我只需要五十万元周转一下就好。"李日明抱住薛桂花，在她的胸前用力捏了一把。

"哦，才五十万元哪。没问题，给我说说你想干什么用？打给哪个单位？"薛桂花故意向前挺了挺胸，蹭着李日明的手。

李日明知道他是糊弄不了薛桂花的，只好道出了实底："桂花呀，不是我不想告诉你实情，而是感觉到实在没脸和你说了，再说，这事说出来还牵扯到我前妻曲洪萍，怕你起疑心。"

"你我都是夫妻了，还有什么不好意思说的呢？你只要如实地向我说明白，别和我藏着掖着的，说出你的难处来，我作为你的老婆，再说我也有这个能力，我能看着我心爱的男人因钱犯难吗？这里面咋还有曲洪萍？你不是都和她离婚了吗，咋还牵扯到她呢？"薛桂花问。

"唉，我们俩离婚前干买卖投资搞石料厂，借了人家五十万元的高利贷买的粉碎机和皮带运输机，碰上严格治理整顿环境污染，以前的关系后台被人举报职务犯罪出了事，再加上我们的手续没批全，政府给关停了，不让干了，所以借款到期也就还不上了，人家就来逼债，限期还款，否则就按废铁价格让割铁的把我们的机器设备给当废铁割了卖了抵债。这样不就损失大了吗？好好的设备，一文不值半文哪……"李日明没有了退路，只好向薛桂花和盘托出了实情。

"哦，原来是这么回事呀。看来，你俩闹离婚也是为了这呀。不过，我倒挺感谢她的，要不是她遇到难处，她还真不会就这样放了你。这可真是一分钱难倒英雄汉哪。"薛桂花感慨地说道。

"桂花，你说你还会帮我们吗？"李日明怯怯地问。

"帮，帮啊。怎能不帮呢，谁叫你现在是我的男人呢。不过，是帮我们自己，而不是你们，你们已经是过去式了。"薛桂花纠正着李日明的说法。

"那你打算怎么个做法？"李日明问。

薛桂花说："这个我要和她谈，你就不必操心劳神了。反正，我会把你完全地解脱出来的，你就放心吧。不过，从今往后，你不能再和她有任何的瓜葛。这个石料厂我可以全部盘过来，我出资找关系办全所有的手续，我们俩一块来经营。这样你看总可以了吧？"

李日明问："她要是不同意把石料厂转让给你呢？"

薛桂花说："那她就得活该受罪了。关于你所承担还款的部分高利贷，我可以找他们私了哇。哪个不得给我留几分面子？除非他们不想在这地方混啦。实话告诉你吧，你们用的这笔钱里，就是从我这里拿去的呢，割你们的设备就是我让他们这样做的呢。她当年和我抢男人，这回不抢了吧？哈哈，日明，这个你没想到吧？还和我遮着盖着的，其实，我早就预料着你们早晚会有这么一败涂地的一天。她凭啥？要关系没关系，要钱没钱，不就是脸比我白了点儿吗？脸白能当饭吃吗？"

薛桂花约见了曲洪萍："曲洪萍啊，想不到你和李日明都过到这种份儿上啦？怎么样，还记得当年你和我抢李日明时我就和你说过的话吧？命里有时总归有，命里无时，早晚没。这本该属于我的男人，这不是他主动向我投诚来了吗？你当初就不该和我抢啊。"

"哼，你也别高兴得太早啦。小心螳螂捕蝉黄雀在后呢。你今天不也得主动来找我谈吗？"曲洪萍也一点儿不示弱，用斜眼瞄着薛桂花，不急不躁地说。

"好了，咱俩就谁也别挖苦谁啦，还是切入正题，谈谈咱们要解决的问题吧。我今天是来收购你们的石料厂的，谈谈属于你的那一块的条件吧。"薛桂花说。

"我的那块贵贱不卖。"曲洪萍斩钉截铁地说。

"不卖？这可是你自找的，不怪我没给你留情面。"

"兄弟们，该收的债连本加息七十万不是早已经到期了吗？既然这个姓曲的不讲诚信，那咱就动手割她的机器吧。"薛桂花更是有理不让人，马上打电话给她的几个小弟。

"慢着，不是说好了的吗？你是来谈判收购厂子的，咋一言不合就动真格的了呢？"李日明在外面听了很久了，他见要谈崩，赶紧闯了进来。

"你来得正好，今天咱就说清楚吧。这个厂子你们一共投了多少资？拿出投资账目清单来。财物半价，算算扣下欠我们的七十万元本息，还剩下多少，我一次付给你们。若行，咱就办，若不行咱就拉倒，该怎么办就怎么办。"薛桂花痛快地说道。

曲洪萍说："什么？财物半价？你也忒会捡便宜了吧？我的机器设备可都是买的新的，还没有开始运转呢。这还不算吊运安装费用呢。"

薛桂花说："哼，如果不是李日明求我，我还真不愿意出钱收购呢，你这些机器设备一拆一卸可就成破旧烂铁的件了。再说，按照约定你超期还款，给你当废铁割了卖了，你就更亏大了。还有，你一天处理不了，占用着场地，你就还得缴纳场地使用费、机器折旧费、高额利息等。你也不好好想想，算算，都到了这个份儿上了，我要不出来帮你们收拾残局，你们还能怎么办？你现在还有更好的选择吗？你还有和我讨价还价的余地吗？"

曲洪萍扬了扬手中的账本："喏，账本都在这里。你看看光机器设备投资就达二百五十余万元，还有建设厂房九十万元，我们负债包括你的本息七十万元在内共计一百三十万元，你看，你能给我多少钱吧？"

"半价折旧总价值一百七十万元，扣除你们欠我们的七十万元，还剩有一百万元，你们还有三十万元的债务缺口，这样，你们俩一人还要还十五万元的账。我把你们的债务都接过来，你们也不用还了，让债权人都来，我和他们签还债合同。"薛桂花提出个建议。

"那不行，你怎么着也得给我拿出个五十万元来。"曲洪萍坚持说。

"我不让你还账就够大度的了，你还蹬着鼻子上脸没治啦。我再大度一步，把你们离婚分归李日明的那辆车过给你，明天就去工商局和公安局车管所办理变更登记手续。"薛桂花把她和李日明的结婚证摆在桌子上。

曲洪萍拿起那本崭新的结婚证一看，犹如万箭攒心，她死死地咬着牙，眼睛看向李日明，李日明低下了头。

第二十二章

2019 年夏天的某一个上午，李老师接待了苏晓丽，也接下了她和刘一道的离婚案子。

还记得那天，天很热，李老师正在办公室里忙着写材料，突然推门走进来一个三十来岁身材高挑、面容姣好的女人。

"请问，帮人垫钱打官司的李律师在吗？"

"哦，在，我就是，你是？"

来人说："我叫苏晓丽，在矿机械厂上班。我的男人因我杀人被法院判了无期徒刑在监狱服刑，我都没嫌他什么，他竟然向法院提出了离婚，现在法院给我下达了离婚起诉状和开庭传票。"

李老师站起身来，接过苏晓丽手里的起诉状快速浏览了一番，"哦，他这也是为了你们娘儿俩着想才提出来的离婚，你没看起诉状中的内容吗？这不写着嘛。"

苏晓丽说："他是因为我才气愤不过杀人的，俺两口子感情很好，我从没打算因为他判了无期徒刑就离开他，不是听人说他在里边表现好还可以减刑吗？我打算自己一个人拉扯着孩子过，慢慢等着他。"

"他因为你杀的人？到底是怎么回事？你坐下来先喝口水，再慢慢说给我听。"李老师端给苏晓丽一杯热茶问。

苏晓丽说："唉，说来话长，也是怪不好意思的。"

苏晓丽的丈夫叫刘一道，人送外号小神仙。也不知道人们为啥给他取了这么个绰号，可能是因为他戴着个眼镜，平时怪精明的，爱鼓捣，什么电脑哇手机呀，有个故障什么的他一捣鼓就好。

刘一道是个煤矿工人，因为有些文化，提拔了当文书，是个既有面儿又有实权的工作，工资还不算低，在矿上来说，这应该算是个令人羡慕的工作了。加之他年轻英俊又帅气，又是从矿务局技校机电班毕业分配来的技术人员，因此，很受区长王道怀的器重。王区长让他老婆苏晓美做媒，把他在厂部干统计工作的小姨子苏晓丽说给了刘一道，成就了一段美满婚姻。

苏晓丽不仅人长得漂亮，心灵也很美，对丈夫刘一道十分满意和喜欢。二人甜蜜恩爱，结婚当年便生下了一个可爱的女儿，取名甜甜，大名刘甜懿。

苏晓丽所在的机械厂是矿经营效益和福利待遇最好的单位，虽是矿上的一个单位，却是全矿务局的"香饽饽"，所有进厂的员工几乎都是矿上有头有脸的子女和亲戚朋友。而厂领导也都不是一般的关系而来任职的。比如厂长臧殿雄，就是矿长的小舅子。而苏晓丽就是走了第一副矿长的后门才被安排进来的关系户。

厂长臧殿雄，四十来岁，长得虎背熊腰，五大三粗，笨得和狗熊一样，所以人们私下里都叫他臧狗熊。臧狗熊酒量很大，一次就能够喝上一二斤的白酒也不醉。由于身大力不亏，雄性荷尔蒙也是比一般人都来得特别强劲。他仗着他的姐夫是矿上的一把手，平日里专横跋扈，说一不二，风流成性，常骚扰那些长得有几分姿色的下属和女员工，搞得是人人自危，敬而远之，唯恐躲闪不及。当然也不排除有了上赶子巴结讨好他的女人。权势嘛，总有人为了一己之私欲而爱攀附的。

苏晓丽是全厂数得着的大美女，自然也是这个流氓厂长臧殿雄首先想得到的女人，只是不管他怎么勾引，苏晓丽都不上钩，这让他十分着恼。

这天，臧殿雄来找苏晓丽，"小苏哇，今天省厅和矿务局的领导来咱的机械厂视察工作，你作为咱厂办的工作人员，要陪同在领导身旁，把领导给伺候好，这可是一项光荣而又艰巨的政治任务哇。"

苏晓丽推辞说："厂长，我是干统计的，不是你的秘书，也不是你的厂部服务员，我干不来领导安排的工作。"苏晓丽很明白臧殿雄对她不怀好意，她才不吃他这一套呢。

对于苏晓丽的不配合，臧殿雄暗暗咬了咬牙，暗暗啐了一声。

又过了一天都要下班了，臧殿雄派人去叫苏晓丽，"小苏，厂长让你到他办公室去一下，说有事要和你谈。"

苏晓丽翻了翻白眼，她去是不去呢？去不去的和人家这来叫人的说不着，没办法，她犹豫了一会儿还是硬着头皮走进了厂长的办公室。

臧殿雄正坐在沙发上看报纸，看到苏晓丽进门，他放下报纸堆起满脸的笑容，"小苏哇，咱们厂有个到局技工学校学习的名额，我打算派你去，是带资学习，你去学上个一年半载的，镀镀金，回来后我也好提拔提拔你。"

苏晓丽明知臧殿雄是不怀好意，却不得不说起好话，要知道这样的机会是很难得的，"哦，厂长这么好的差事，难得你还想到我，谢谢你的好意了。"

臧殿雄笑着靠近苏晓丽，看着她好看的大眼睛说："小苏哇，我可是对你特别地看好哦，可一次两次的你就是不领情啊。要是早这么知趣，我早就提拔你当个主任或是科长啦。"

苏晓丽被看得全身恶寒，她向后退了一步，"嗯，谢谢厂长，可我没这个才分，也无福消受你的这种照顾，你还是找别人吧。"

臧殿雄看苏晓丽还不上钩，就有些恼怒，"哼，小苏哇，你还是别敬酒不吃吃罚酒，别这样拒人千里之外。"臧殿雄说完又靠了过来，"你越这样我怎么越对你情有独钟呢。来，趁我在位上，有这个权力，就让我来好好地照顾照顾你吧，反正你也是结了婚的过来人了，不就是那么回事嘛，各尽所取，何乐而不为呢？"

苏晓丽一听就生气了，这是多么不要脸的人才能说出来的话呀，她推了推臧殿雄，"厂长，谢谢你的抬爱，可是我不喜欢，我有丈夫，我很爱我的丈夫，我是不会……"

"唔……"苏晓丽下面的话还没说出来，就被臧殿雄搂进了怀里，臧殿雄的那张臭嘴亲了过来，咬在了苏晓丽的嘴唇上。

"小丽，小丽，你就答应了我吧，我好想你呀。"臧殿雄抱住苏晓丽往内室里拖。

苏晓丽吓坏了，她没想到臧殿雄会这么大胆，大白天的竟然敢对她做不轨的事，她拼命挣扎，喊了几声救命。

臧殿雄猛一下把苏晓丽甩进内室的床上，用脚把门给踢上关住了，他欺过身子来，觍着脸说："不用费劲了，这里隔音，不会有人听到的，再说下班了，厂里也没有人了，小宝贝，现在就咱俩了，让哥哥好好疼疼你。"

臧殿雄把自己脱了个精光，又恶狠狠地去扯苏晓丽的裙子，"啊。"苏晓丽像一只受惊的野兔瞪着惊恐的眼睛，极力地挣扎着，并用双手死死地抓住自己的裙子，一时竟没能让臧殿雄得手，臧殿雄气极了，甩手给了苏晓丽两巴掌，苏晓丽的两腮暴起了五道红指印，臧殿雄喘着粗气，趴上了苏晓丽的身子。

也许是被打得太疼了，苏晓丽竭力反抗，就在臧殿雄快趴上来时，她突然来个鹞子大翻身，一脚踢在了臧殿雄的"老二"上，只听得臧殿雄"哎哟"一声叫唤，捂着下体蹲下身来。

谢天谢地，苏晓丽终于从厂部办公室里挣脱，跟跟跄跄地逃回了家，她一进门便趴在刘一道的肩头伤心地大哭了起来。

刘一道赶紧拍拍老婆的背问："咋啦，你这是遇到恶狼啦，还是遇到疯狗啦？咋回来晚啦？"

"我们厂长，他，他就不是个人，老想欺侮我，我不上他的套，他就想硬来，今天，今天……"苏晓丽说不下去了。

"啊？你们厂长？那个臧狗熊？敢欺负到咱的头上啦？他不就是仗势着矿长是他的姐夫吗？你还是第一副矿长的表妹呢，这他也敢？兔子还不吃窝边草呢，真是吃了熊心豹子胆。什么人他也敢下手作践。不行，我去找他，一刀剁了他。"刘一道一听就受不了了，他激愤地说着，从厨房里摸起一把菜刀就冲出了家门……

刘一道跑得快，到矿机厂时，臧殿雄还在办公室里没走，小娘儿们踢得太狠了，这会儿还疼呢。

"臧狗熊，你竟敢狗胆包天，想强暴我老婆。我看你是活得不耐烦了吧？"刘一道一把推开臧殿雄办公室，菜刀架在了他的脖子上。

臧殿雄吓了一跳，这是弄啥咧？等看到那把冰凉凉的菜刀后，才觉得脖子里飕飕直冒冷风。

臧殿雄瑟瑟发抖，"兄弟，兄弟，有话好好说，别，别冲动。我只是亲了她，扒是扒了她的裙子，可我什么也没做。"

臧殿雄不说还好，这话一出，无异在刘一道的怒火上又浇了一勺油，刘一道的火气噌噌向上冒，"幸亏我老婆不是那种人，否则可就让你给败坏了。今天我不教训你一下，你是不能长记性的。"

刘一道说完，就给臧殿雄一顿教训，把臧殿雄打进了医院，但因下手太重，治疗无效而死亡了。

而刘一道也因此被收监判刑，依照法律程序走完了公安、检察、法院三个环节，中级人民法院认为刘一道犯故意杀人罪，因激愤杀人，且主动投案自首，又拨打120实施补救，有从轻情节，应酌情判处其无期徒刑，并处罚金5万元。

法院宣判后，臧殿雄的亲属不服，要求检察机关行使公诉权力提起上诉，经省高级人民法院二审复核，做出了驳回上诉，维持原判的终审判决，刘一道被押往监狱服刑……

说到这里，苏晓丽声泪俱下地说："李律师，您看刘一道他执意要离婚，写的是情真意切，我知道他这是为了不耽误我的青春，为了我们娘儿俩不受煎熬，可他毕竟是为了我才以身试法的。做人总得讲良心不是？我怎么好忍心答应和他离婚呢？"

李老师说，"既然刘一道已经向法院提起了离婚诉讼，那么法院就得安排时间到监狱里去开庭审理，届时，咱们一同前往吧，看看能不能做做他的思想工作。"

苏晓丽问李老师："像他这种情况，最快得需要坐满多少年的牢才能出来呀？"

李老师说："哦，这个，要看他在里面的表现，如果劳动改造得好，凭分减刑，先从无期改到有期徒刑二十五年，再减刑到二十年，或十八年，或十五年，或十年，八年，这要一步步地来，或许他有立功表现，他就出来得早些了。"

听完苏晓丽沉默了。

一个月后，法院安排了一辆车，三名法官和一名书记员带司机来到监狱组织开庭审理刘一道和苏晓丽这桩特殊的离婚案子。李老师受苏晓丽的委托，开着另一辆车去了监狱参加庭审和会见约谈刘一道。

刘一道什么也不说，就是坚决要求离婚，他的眼睛里没有了光，他总是低着头，让人看不透他心里的想法。李老师把刘一道的决定说给苏晓丽，她什么话也没有说。

法庭在开庭之前，还特意让监狱安排刘一道和苏晓丽他们两个人单独见面谈了二十分钟的话。也不知刘一道对苏晓丽说了什么，二十分钟后，苏晓丽同意离婚了。

最终，法庭根据双方的意见达成了离婚调解协议：

一、原被告自愿离婚，依法准予离婚；

二、婚生长女刘甜懿由被告抚养至十八周岁止，孩子抚养费共五万元由原告从共同存款中一次扣除支付；

三、共同房产一套，原被告自愿留给婚生长女刘甜懿，由刘甜懿所有；

四、案件受理费一百五十元由原告承担。

这桩特殊的离婚案，终于画上了一个句号，而这样的结局却很是让人唏嘘。

愿天下有情人都成眷侣，愿人们没有那些邪恶和背叛，愿人间永远花好月圆。李老师又开始了他的文学情怀，一连说了三个愿，把个孙大国惊讶的再次张大了嘴巴。

孙大国暗暗地想，李大律师不愧是李大律师呀，看看，这张嘴里不仅能讲故事，还挺能诌，时不时地还能诌一下子，嘿嘿，着实让人崇拜。

第二十三章

乔小乔终于是写累了，这两天她记了有满满两大本了，故事又多又精彩，回去简单整理整理，就能发表了，《平阳日报》副刊马上就要洛阳纸贵了。

"喏，你来。"乔小乔揉了揉眼角，把手里的笔递给了孙大国，"接下来你记录，我手指头抓不住笔了。"

孙大国深深看了乔小乔一眼，怪不得光哥会喜欢上这个小妮子呢，看看多会撒娇哇，让他这样的大块头，都有些怜香惜玉了。

接下来的故事，就是孙大国记录下来的：赵富梦和胡丽英的故事。

赵富梦是一个地地道道的农民，只是现在他很有钱，用现在的时髦词叫"土豪"。

他曾是农业学大寨战山河专业队的宣传队队员，会说书唱戏，会察言观色，人特别精明灵活，加之有一副好面相，个子一米七八，很有女人缘，特别讨女人喜欢，他的媳妇就是当时和他一起的宣传队队员。

赵富梦是有名的大业务，十里八乡的无人不知无人不晓，很多村民跟着他在干活，常年跟着他干活的不下千人，大战沈阳、包头、锦州等老工业基地，劈铁割铁，修路筑桥，搞维修买卖，安装行车制造水泥预制件，过去每年往家带钱都用麻袋装，后来刷卡转账，一摞一摞的，改革开放后，他自己单干成立了亿丰工贸公司。

亿丰工贸公司的业务涵盖劳务、机械加工安装维修、大件起重运输、破碎钢铁、打磨消铣、铸造件、水泥预制产品等门类，雇用了好多现场带工的工头，公司业务蒸蒸日上。

随着公司业务越做越大，越来越红火，人员也就越用越多，钱也就自然而然地越赚越多了，赵富梦腰包鼓鼓的，肚子也圆圆的，说话的口气也粗，脾气也越发大了起来，玩女人更是成了他的家常便饭。他的结发妻子，因为他玩女人这事，天天生气，最后气得竟得了气鼓，不久便撇下一儿一女撒手人寰了。那年儿子赵存乾还不满四岁，还不知道死是个什么概念，他只知道最爱他的妈妈睡着了再也醒不过来了，他不要妈妈睡在那个冰冷的棺材里，他敲打着棺材要哭喊着要妈妈起来，他要妈妈抱抱，他知道妈妈一定舍不得他哭，会坐起来给他擦眼泪。

可那天不管他怎么哭闹，妈妈都没有再坐起来，也没有给他擦眼泪，任由他哭着睡着了，睡梦里妈妈看着他，一会儿看着他笑，又一会儿看着他哭。赵存乾伸出小手去抱妈妈，妈妈的身体却蓦地飞了起来，飞出屋门，飞出院子，飞跃围墙，最后飞到那高高的天上去了。

赵存乾醒来，呆呆地坐那里，一直看着棺材里的妈妈被抬进殡仪车里，换回一个四四方方的木头盒子，他看着那四四方方的木头盒子被搁进那口新茬的松木大棺材里，然后被几个人下到那大坑里去，接着那土坑被土填满，堆起了高大的坟头。有人过来让他给那个坟头跪下磕头，他就跪下磕头，磕过了头烧过了火纸，天要黑了，他被人牵着手领着离开。他还是想找妈妈，走到路口的时候，他回了回头，坟头上还插着袅袅升腾的檀香，那些微小的光点在黑暗中明明灭灭。

赵存乾知道他再也没有妈妈了，这以后，他随着爷爷奶奶一起生活。

赵富梦却没有颓废，他一点儿也没有受到影响，短短三个月后，赵富梦就续娶了一个小他十岁的女子做老婆，这个二老婆一连为他生下了两个儿子。没过几年，赵富梦和这个二老婆离婚了，只不过是离婚不离家。

与二老婆离婚后，赵富梦和东北一家国营钢厂里的女会计胡丽英好上了。胡丽英刚刚死了男人不久，她是厂长的小姨子，比赵富梦小了整整十九岁，是个温柔体贴的女人，说话温声慢语的，又嗲又甜美，而且个人能力很强，头脑也活络，人脉关系很广，与赵富梦好上了后，很快成了赵富梦的财务总管大拿。没多久，胡丽英带着唯一的女儿嫁给了赵富梦，成了赵富梦的第三任妻子。

赵富梦已经是五十五岁的人了，之前身体还算健朗，可在一次工作出差中受了风寒，在外地事情又多没能及时治疗，不小心转成了肺炎，在医院里住了半个月才算好转了，接着没几天又因为心律不齐，做了心脏手术，安上了两个支架。

身体一不好，赵富梦有些担心了，他不得不考虑一个严肃的问题：必须防患于未然，趁自己身体还行头脑还清醒的时候，要在三个儿子中间选择一个最有能力而且最可靠的儿子来培养做接班人，否则，他拼了大半辈子命打下的家族企业就会像一盘散沙，分崩离析。

选择接班人成了赵富梦的当务之急，于是，他就把考查未来接班人的任务交给了妻子胡丽英，胡丽英有自己的小九九，可她膝下无子，有个女儿还是带来的，肯定没有成为掌门人的福分，她得想法在赵富梦三个儿子中寻找自己的同盟军，也好作为自己日后的合作伙伴，看这个老赵的身体说不定哪天就玩完了呢。

胡丽英去找赵存乾，"存乾哪，你是赵家的长子，按说家有长子国有大臣，你爸爸的身体不好，你应该是个挑大梁的主儿，可是你还有另外两个也已经成人的弟弟，他们也都进了公司执掌着一摊子事业了，还有你爸爸在外和别的女人生的儿女，到底有多少，我也不清楚。我呢，我和你爸爸却没有生下个孩子，未来谁是我们赵氏企业的掌门人，关键就看你们的表现了。"

　　赵存乾当然明白这其中的利害，"哦，陈姨，这些我爸爸他应该有打算的吧，他选择谁我都没有意见，在爸爸的眼中有我没我是一样的，我不过是个有娘生无娘养的弃儿，他能让我进他的公司给我一碗饭吃，已是十分可怜我了。"赵存乾越说越难过，他的眼睛红红的，"我二娘，他们，他们可爸爸的心。"

　　胡丽英看着赵存乾就有些心疼，多好的孩子呀，她其实没比赵存乾大几岁，但占着个小妈的位置，得有个小妈的样子，"存乾，你不要难过，你爸现在年纪大了，有些事也想开了，他心里有数，你的好我们也都看在眼里了，走，跟陈姨去商场，我给你买换季衣服去。"

　　赵存乾看了胡丽英一眼，二娘一直以来对他没有好颜色，倒是这个小妈从进家那一天起，就存乾存乾地叫他，给他买吃的喝的穿的用的，有时候待他不像是小妈，倒像是姐姐。

　　胡丽英带着赵存乾去商场，一路上跟他说说笑笑的，还不时开开他的玩笑，赵存乾没了以往的木讷，偶尔也会开开胡丽英的玩笑，娘儿俩处得很开心。

　　胡丽英是有自己的私心的，她看好赵存乾，一是赵存乾诚实，二是她也看不惯二婆的那两个儿子，那两个纨绔年少张狂，不知道天高地厚，也学别人玩女人流连女人温柔乡，而且对她这个小妈还总是出言不逊，和那个离婚不离家的二婆一样，不把她放在眼里。她是不会给赵富梦推荐这俩人的，要推荐也只会推荐赵存乾。

赵存乾明显开朗了不少，变得爱笑了，他笑起来很好看，他有事无事爱偷偷去看胡丽英。说实话，有好多时候，他不想胡丽英当他的小妈，可能是这样的时候想得多了，夜里他就做了梦，梦里胡丽英竟变身疼爱他的姐姐，与他在一起做了妙不可言的事情。梦醒来，他抽了自己两个耳光。

赵存乾自己受着煎熬的时候，他还不知道此时的胡丽英也正受着煎熬。不知从什么时候起，胡丽英的心里已经装满了赵存乾了，她也做了梦，这些个梦里不再有赵富梦，而全部都是赵存乾，赵存乾亲她了，赵存乾抱她了，赵存乾钻进她被窝了……胡丽英被相思折磨得日渐憔悴，终于不堪相思病倒了。

赵存乾在病床前跑前跑后地照顾着胡丽英，没几天两人就互通了心思，胡丽英有经验，她先迈出了第一步，赵存乾的心里像猫爪挠着，他忐忑着激动地接受了胡丽英，胡丽英柔软的怀抱让他想起了自己的妈妈，他趴进她的怀里，紧紧地抱着她，怕弄丢了她，恨不得一次又一次地把自己嵌进她的身体里。

胡丽英和赵存乾开始策划着赵氏接班人的事宜，因了这次关系，胡丽英更是不会给二婆的那两个儿子一点点念想了。

接下来，赵富梦正式退休，他退休前把企业全盘交给了自己的大儿子赵存乾和妻子胡丽英，把企业交给存乾和丽英他放心，他觉得在他们两个人的齐心协力下赵氏企业未来可期，放下大权后，他明着说去五台山访道过归隐的养生生活，实则是陪着小情人四处游玩去了。

是的，赵富梦又找了一个小四儿，这个更小，才刚刚十八岁，老牛吃嫩草，把个赵富梦乐得嘿嘿直笑。

胡丽英是何等的聪明啊，赵富梦向哪儿一抬腿，她就知道他要屙什么样的屎，所以他又找了十八岁小四的事是瞒不过她的，她想与赵富梦离婚，你不仁可别怪我不义。

赵富梦离家一个月后，收到了胡丽英起诉他离婚的法院传票，气得他心脏病差点犯了，一生气立马回复法院同意离婚，但他人在外地，回不去，可缺席判离，要离也行，财产只分给她百分之二十。他还就不信了，他这个年纪还会有小四儿在跟前，以后也不怕没有小五小六的，一个胡丽英算什么，闹离婚也分不走他多少的家产。

赵富梦和胡丽英办了离婚，也和二婆一样，离婚不离家，还在一个大家里住着。

只是赵富梦万万没有想到，胡丽英会给他这么一个惊吓。

等赵富梦在外面和小四玩够了，回到家时，家里已经大变样了，公司还是赵家的公司，公司的掌门人还是自己的大儿子赵存乾，只是大儿媳妇成了胡丽英，哎呀呀，全乱了，这样看公司还是落到了胡丽英的手里去了呀，赵富梦一个趔趄重重地跌倒在地，被救护车拉去了医院，这次急救他又被放置了两个支架。

躺在病床上的赵富梦，犹如风烛残年一样，呼呼喘着粗气，他再也不是那个意气风发的赵总了，他的小四儿也跑了，另外二婆生的那两个儿子面也都不让他见着，每天围在他跟前转的只有那个大儿子赵存乾花钱请来的护工。

赵富梦风流了一辈子，也快活了一辈子，不承想到头来，会是这样的结局，他心情压抑阴郁，动不动发大脾气，嗷嗷地骂人，骂得最多是胡丽英和赵存乾。骂到后来，自己没劲骂不动了，还在嘴里呜呜着嘟囔着骂，在这期间，胡丽英来看了他一次，进病房先甜甜地叫了声爸爸，这一声爸爸直接把赵富梦给叫偏瘫了。

两个月后，赵富梦一命呜呼，这出闹剧才算画上了个句号。

第二十四章

李老师讲的离婚故事，还真是形形色色，唉，也确实这样，这就叫大千世界千奇百怪，林子大了，啥鸟都有。

李老师下面讲的是两个人明面上已离婚，但离婚后又继续以夫妻名义同居的故事，又因为双方内心添了无法抹去的隔阂，便又产生新的矛盾和纠纷。

他叫有一龙，是县城里一家书店的经理，个头不高，但很精神，由于是承包经营，他的书店生意十分红火，在这个不大不小的县城里也算得上是小有名气。他有一个美丽的妻子叫夏美花，生得就像花儿一样好看，明眸皓齿，鸭蛋形的脸庞白里透着红润。虽然是从偏远山区带进城来的，但她温柔体贴，会伺候男人，总是能把他伺候得舒舒服服的，常常使他沉浸在幸福之中，他感到自己今生今世能守着这样漂亮的媳妇过一生，就心满意足了。

这天，有一龙和镇上的学校校长签订了一份购进学生作业本的合同，他异常高兴：乖乖，这可是一个有上千名学生的学校啊，学生们的作业本全都由他承包了下来，细细算来，收入不菲。中午，宴请这位校长时因为高兴便多喝了几杯，回到门头，便打发员工早早地关上了店门，自己哼着小曲，索性弃车不开，通过滴滴打车，先到菜市场转了一圈，从活鸡店买了一只大红公鸡，又到水产鱼市，买了一条活蹦乱跳的野生鲤鱼，又叫上一辆车，向他所住的幸福小巢而去……

有一龙兴冲冲地一手提着鸡一手提着鱼，回到了三楼自己的家。他从裤腰带上摘下钥匙，便一头进入了自己的家。还没等他的高兴劲下去，当头的一棒便敲了过来……

有一龙没想到他会看到不堪的一幕，妻子夏美花同一个男人正在他的床上做运动，那个男人不是别人，正是夏美花的老乡王顺，平时关系不错的，还是某企业里的一个中层干部。

有一龙疯了一样抄起一把菜刀，就冲着王顺过去，夏美花死死地抱住他，哀求着他，说她错了，是她昏了头。夏美花扑通一声给有一龙跪下了，王顺也喏喏地跪了下来，"一龙哥，对不起我错了，你别生气，我，我以后再也不敢了。"

有一龙把菜刀架在王顺的脖子上，"你他娘的给我戴绿帽子，我真想一刀砍了你……这样吧，我可以放你走，但你要给我写个借据……"

夏美花一听抬起了头，王顺也抬起了头。

有一龙气哼哼地说："我不能戴着这绿帽子，你得写个十万块钱的借条给我做补偿。"

王顺低下了头，过了一会儿才答应下来，在有一龙撕下的一张作文纸上写下了十万块钱的借条，借条写明分两年还清。

有一龙收起借条后，踢了王顺一脚，让他快滚，再来一次就把他的儿孙根给剁了。

王顺屁滚尿流地滚了，夏美花还跪在地上，有一龙眼睛赤红，恶狠狠地看了她一眼，"你，也，滚！"

冷战了半个月后，有一龙跟夏美花达成了离婚协议，到民政局婚姻登记处办理了离婚手续。两个孩子，大的是个女儿已经上大一了，小的是个儿子，才七八岁，因为是个儿子，受传统传宗接代的影响，自然要在有一龙的名下，但由夏美花代养至十八岁，有一龙支付给她每月一千元的抚养费。至于房产他们共有两处：一处分给了夏美花，另一处分给了有一龙，两辆车也一人一辆，还有一笔十万元的购房预付款也分给了夏美花。

离婚后，有一龙和夏美花并没有立即分居，因为儿子的上学接送问题，二人商定在双方还没有找到新的伴侣之前，还得临时搭一段伙让孩子有个适应的过程，但财务自理，人身互不干涉自由。

这天傍晚，有一龙从学校接儿子放学回家，还没跨进楼梯的过道，就闻到一股扑鼻的鱼肉香味，推开房门直见餐桌上摆满了美味佳肴。

"你们爷儿俩回来了，快洗把手犒劳你们，尝尝我今天做的饭菜好吃不？"夏美花热情地笑着，递给了有一龙一条刚刚浸湿过热水的毛巾。

吃过了晚饭，有一龙喝了一杯热茶后便推开了自己睡的那间房门，刚想插门躺下睡觉，夏美花竟推开了房门闯了进来。

夏美花说："一龙，我今天想和你谈点儿事。"

有一龙说："你想和我谈什么事？有什么事，明天白天说，现在我要休息了，请你出去。"

夏美花低声说："一龙，我知道你一直对我有意见，可我错了就是错了，你不能把我一棍子打死呀，再说，我，我今天确实有大事和你商量，我怀孕了，这个孩子是你的，看在这个孩子的分儿上，咱俩和好吧，一龙。"

"什么？你又怀孕啦？谁知他妈的这孩子是谁的？该不是你那个奸

夫的吧？"有一龙差点儿跳起来。

夏美花却一脸愤愤地说："这就是你的孩子，我自己有数，你也别总拿我出轨的事堵我，这也是你率先出轨惹的祸，你别以为我不知道，你在单位与那些女人的破事，要不，我，我也不会去找男人报复你。"

"你……我……"有一龙被夏美花说得张口结舌，一时说不出别的话来，他在单位当经理，大小是个领导，偶尔是搞了点儿小插曲，可这又有什么？他是男人哪，过去男人都能三妻四妾呢，他只是和人家玩玩又当不得真。

夏美花气笑了："你可真不讲理，你是男人就能找别的女人，那我为什么不能找别的男人？凭什么你们男人可以在外胡吃海喝，花天酒地，女人就该在家老守田园孤守空房？"

"我后来都与她们断了。"有一龙最后悻悻地说。

"我就与那个人，只有那一次。"夏美花也说。

有一龙说："你，你不要脸。"

夏美花说："你要脸。"

打了半天嘴官司后，不知怎么的，两个人竟然跑到一张床上去了。

"美花，你说你又怀孕了，你是什么时候怀上的？该不会是……野种吧？"

"是你的，就是你的，你忘了那天？不是能亲子鉴定吗？等生下来，你鉴定好了。"

"那你想怎么着？"

"我想和你要这个孩子，咱俩过去的事半斤八两，你有错在先，我有错在后，只要你我互相原谅，重新和好过日子，还是美满幸福的生活。"

"那好，只要你和那个人断了，我愿意和你同居生活，等把孩子生下来，咱再办复婚手续。"

"一龙，我就知道你舍不得我。"

从这以后，有一龙和夏美花又同床共枕过起了夫妻般的生活，随着时间的推移，两人的感情又日渐增深了。

有一龙在与夏美花离婚房产分配时，曾经将房产分配清楚，但他所分配的那套位于市中心的大产权房当初没有办理房产登记手续。一天，房地产开发中心给有一龙打来了电话告诉他可以办理不动产登记手续了。

有一龙带着他的购房合同和离婚协议到市不动产登记中心去办理不动产登记手续却遭到了登记人员的拒绝。办理不动产登记的工作人员告知有一龙："你的房产是你和夏美花在婚姻关系存续期间共同购买的，购买合同是你们两个共同签名的，根据《不动产登记暂行条例实施细则》的要求，曾经共同购买房产办理不动产登记手续的，先办理产权证书，即使离婚办证也是写两个人的名字，必须先办理两个人共同共有的不动产权证书后，你们两个人再按照离婚协议约定进行产权析产分割。"

有一龙只好按照市不动产登记中心工作人员的要求回家让夏美花一同去办理了相关手续，在共同共有栏里填上了夏美花的名字。孰料，这竟为二人后来的房产纠纷埋下了隐患。

不受法律约束的婚姻关系，看似平静的生活，就像风平浪静的大海，但殊不知在大海的深处却随时暗藏着风暴的袭来，汹涌诡秘的波涛会打得人猝不及防。

有一龙和夏美花在度过了一段平静的同居生活，生下小女儿之后，又陷入了感情的危机和风暴的旋涡。他们二人毕竟是解除了婚约关系的离婚状况，一旦碰到风吹草动，这种空说无凭的非法"夫妻"同居关系，即刻便土崩瓦解。

有一龙由于书店需要联系业务扩展关系增加订购收入的职业工作特点，少不了各种社交和人打交道。因此，他接触的圈子就不乏各色人等，自然也少不了一些美女少妇，特别是那些离了婚急于寻找男人的女人。

一个偶然的机会，他在一个酒局上认识了一位与他同病相怜的女人。这个女人叫韩美艳，她有一双水汪汪的会说话的大眼睛，长长的睫毛，忽闪忽闪的，特别吸引人，尤其是那张性感的嘴唇，犹如一朵盛开的桃花，随时等着人去采撷。韩美艳一下子就打动了有一龙的心。

韩美艳是企业的下岗职工，她和她的那个男人也是因为男方出轨办理的离婚手续。韩美艳与前夫有一个女儿，也大一了。尽管他们在一般人的眼里看着是那样的般配，但是一气之下，韩美艳还是主动向法院提起了离婚诉讼"休"了他，把他扫地出门。

有一龙得到了如此美眷，便对夏美花有了嫌弃，对夏美花让他曾经戴绿帽子的所作所为越想越气，心中的块垒又堵了起来。尤其是一段时间以来，他发现她时不时地往外跑，她的异性电话也多了起来，他决定结束与夏美花的同居生活，为了躲避夏美花，他躲在外边，说出长差，他和韩美艳过起了甜蜜的"夫妻"生活。

有一龙的出长差到底引起了夏美花的警觉和怀疑，经过福尔摩斯般的跟踪侦查，她终于发现了有一龙和韩美丽的爱巢，便打上门去。

本来，夏美花对有一龙是有感情的，自从媒人介绍他俩认识后，她一眼就相中了他。

由于有一龙头脑灵活，随着他事业发展，钱挣得是越来越多，不仅买了一套住房，而且还在市中心繁华地带购置了一套大产权的商品房，总价值一百五十余万元，装修房屋又花了十几万元，还买了两部车，并又在学区洋房预交了十万元的定金，虽然有一部分住房公积金贷款，通通算下来也不过就是二十来万元的债务。

对于这个家，对于自己的男人，如果不是有一龙在外与其他的女人胡搞，夏美花还是感到十分知足和满意的，本来，她的出轨也是对于有一龙出轨的报复，当她在和别的男人相好的时候，也从来没有想过抛弃自己的家庭于不顾，也只是寻求泄愤而已，因此，当她发觉自己又怀了第三个孩子的时候便又想努力地挽回本该属于自己的婚姻和家庭，于是和有一龙在离婚后同居生活，并生下了小女儿。

可就在她一心一意守着有一龙时，有一龙竟然又出轨了，叫她如何不恨，她又不是没有追求者，找个男人而已，只要她肯，要几个男人有几个男人。

夏美花指着有一龙和韩美丽恶狠狠地说："有一龙我告诉你，你要和这个小狐狸精过，别怪我对你不客气，你给我乖乖地回家赶快跟这个狐狸精断了，否则你看我怎么收拾你。"

韩美艳却不怕夏美花，一个前妻而已，咋这么大的气性，"哼，我与他，一个未娶，一个未嫁，爱怎么好怎么好，怎么碍你眼啦？你算个什么东西，没见有哪个前妻这样不要脸的。"

夏美花气得上前就抓韩美艳的头发，韩美艳能让她抓吗？两个女人撕扯在一起，最后还是年轻一点儿的韩美艳力气大，她扯住夏美花的头发摁倒在地上，狠狠地扇了她几巴掌，夏美花的脸都给扇肿了……

"你是有一龙吗？我们是法院民一庭的送达人员，现在例行公事向你送达起诉状和开庭传票。这是起诉状，夏美花告你分割共同房产。请你在送达回证上签字，告知你明白，按照法律规定，我们已经给你留出了十五天的答辩期，希望你积极准备应诉按时到庭参加庭审。如果你无正当理由拒不到庭，影响法院的正常审理，到时，你应承担不应诉不举证不答辩对己不利的后果。"法官对有一龙说。

有一龙这才知道了夏美花的厉害，为了维护各自的权益，双方都聘请了律师，就各自的主张举证质证发表了不同的意见，但经过了一审二审和再审，法院都判定原告夏美花胜诉，将他们离婚后已经分配好的属于有一龙的那套房产判成了共同共有财产。

法庭根本不听取有一龙关于在离婚时已经分配给了他属于他个人的房产，而办理不动产登记只是应了不动产登记中心按照惯例的要求不得已才填写上夏美花的名字的说法，仍以虽然离婚分配了该房产，但不动产的所有权是以登记为准的规定支持了夏美花的诉求进行了平分，判定房产归有一龙，但有一龙需向夏美花支付该房产一半的价值折价七十三万元整。

有一龙在困顿之中，去找了打官司很厉害的李老师，"李律师，我们有个房产官司，打了一审打二审又打了再审都打输了。我觉得我有理，先后找了市里和省里的三个律师，还有一个是省里的主任级大律师，这个一下子就要了我三万元的律师费，连再审程序都没立上案，只给走了个程序，叫进去问了问连庭也没开就给裁定驳回了。"

李老师说："哦，这只是走了听证程序呀。没有开庭，只叫你们进去问了问，说明你们的再审就连听证程序这一关也没有通过呀。再审是先听证，你们得向法庭举证，并阐述自己的观点让法官觉得有道理才能通过听证进入实质的再审，否则是不行的，这是法律程序规定。"

李老师说："你这个案子离婚时将房产已经分配同居期间补办的不动产房产登记手续，这里面有个适用法律的问题。既然你们感到吃亏抱屈不服判决那么现在只能走抗诉之路。抗诉可是很难的，关键在你是否有理有据有法律依据让检察院受理和能否提起抗诉，这由市检察院负责受理办理上报省检察院向省法院提起抗诉。如果检察院真的提起了抗诉，那说明你的案子就有戏，法院是会认真对待检察院抗诉的。因为检察院是权力监督机构，在没有确凿的事实证据和法律依据面前是不会轻易提起抗诉的。"

"李律师，我们确实感到吃亏冤枉，求您多费心帮助我们维权进行抗诉吧。我们俩一辈子也忘不了您的大恩大德。"有一龙和韩美艳一起对李老师说。

李老师想了想说："那请你们把一审、二审、再审的卷宗从法院复印出来并把所有的证据包括你们的离婚协议、购房合同、打款凭证等拿来，我仔细研究一下，再给你们写个抗诉申请书。"

有一龙和韩美艳次日将所有的材料交给了李老师，李老师经过两天的研究给有一龙写出了翔实充分、有理有据、有法律依据的抗诉申请书。

李老师把抗诉状写好后交给了有一龙，并让有一龙按照检察院的抗诉要求向检察院提交了抗诉申请书和相关证据材料，很快，有一龙就收到了检察院的受理通知，并告知了有一龙承办他的案子的检察官和联系方式。

至此有一龙与夏美花同居期间的财产纠纷案走进了抗诉的正常程序。

这桩离婚同居财产纠纷案引发的故事还在继续，他们的官司还处在检察院向法院提起抗诉的程序中，双方的较量也远没有结束。

…………

第二十五章

李乎有终于说完了，他轻轻咳嗽了一声，这两天说的话，也太多了，把他肚里那些素材都吐了个一干二净，这会儿他突然觉得浑身轻松，之前那种笼罩在心头的压抑，竟然都烟消云散了。

"小乔和大国，谢谢你们俩了哈，这两天你们俩辛苦了，那一会儿咱们去吃晚饭，我在云丰大酒店定了雅间，咱们先去，也请了你们社长光哥，光哥说他稍后就到。"

李老师说完特意还看了乔小乔一眼，那眼眸里有了些莫名的探寻。

干吗大家说光哥的时候，总会看她一眼哪，天地良心，她对光哥没别的心思好吗？相反的，大家难道都看不出她对孙憨蛋那点儿小心思吗？

再说了光哥除了是她的顶头上司外，在她心里真没占别的位置，别说一席之地，一锥之地也没有哇，而且那光哥还是个已婚男人，已婚的油腻的二手的男人，这有啥可香的？

又因了这两天听多了李老师讲的这些男男女女间的故事，怎么好像对所谓的爱情没太多向往了呢，爱情不就是如同张爱玲说的吗？一颗是心头的白月光，一粒是心口的朱砂痣，而已。都说婚姻是爱情的坟墓，那些有了离婚想法的人，是不是都在经历着婚姻出走记呀。

乔小乔这边任自己的思绪如野马脱缰，想着想着她的嘴角就弯了起来。

孙大国听李老师说一会儿光哥老大也到，大家今晚上一起吃饭，就心里犯起了小嘀咕，光哥心怡乔小乔，这在报社是谁都知晓的秘密了，他要不要跟光哥说，强扭的瓜不甜，缘来缘去，顺其自然？他要不要跟光哥说不想当厨师的裁缝不是好司机？

李乎有不是孙大国肚子里的蛔虫，不知道他想表达什么，只有坐在旁边的乔小乔好像懂了，她捂着嘴，哧哧地笑了。

李乎有看着面前年轻的美女和憨蛋，心里竟然有些隐隐的羡慕，如果哪天他的这些采访见报，要配张照片的话，他想选一张青年时期的照片。

云丰大酒店雅间里始终还是那三个人，两男一女，而那个叫光哥的男人始终也没能出现，后来听说光哥正待出门时被家里的老婆抓花了脸，其实那个凶悍的婆娘是想抓他头发来着，可惜光哥头上没毛，抓秃噜了，贼不走空，这才顺道把他脸挠了。